MEHRNOUSCH ZAERI-ESFAHANI

33 Bogen und ein Teehaus

Mit Illustrationen von
Mehrdad Zaeri-Esfahani

CARLSEN

Für Mehri und Hosein, meine mutigen Eltern

MIX
Papier aus verantwortungsvollen Quellen
FSC
www.fsc.org
FSC® C083411

Veröffentlicht im Carlsen Verlag
Oktober 2018

Umschlaggestaltung: formlabor
Corporate Design Taschenbuch: bell étage
ISBN 978-3-551-31746-9

PROLOG

PRIPJAT

Der Pripjat, ein mächtiger Fluss von fast achthundert Kilometern Länge, entspringt in der Ukraine, nahe der polnischen Grenze. Hungrig nach Abenteuern wendet er sich nach Weißrussland und schickt seine tosenden Wasser durch die Pripjatsümpfe, die er während der Schneeschmelze in eine wilde Seenlandschaft verwandelt. Auf seinem letzten Weg fließt der Pripjat wieder in die Ukraine und mündet in den Kiewer Stausee, wenige Kilometer unterhalb des Kernkraftwerks von Tschernobyl. Die Stadt, die hier liegt, trägt seinen Namen, auch wenn sie keinen Namen mehr braucht.

Pripjat wurde nur sechzehn Jahre alt. Ihr unruhiger Geist irrt umher, als hätte er noch etwas auf Erden zu erledigen. Pripjat ist eine Untote, in ihrer Jugend suchte ein unsichtbarer Feind sie heim. Die Menschen verließen sie, ohne Abschied zu nehmen, denn sie glaubten, sie würden bald wiederkommen. Zurück blieben nur ihre Häuser. Vom Wald verschluckt, hörten sie dennoch nicht auf, die Geschichten derer zu erzählen, die einst darin wohnten.

In den verlassenen Schulen liegen noch immer Hefte und Bücher aufgeschlagen auf den Tischen. In den Kindergärten liegt Spielzeug so verstreut, als wären es Teile eines noch nicht zusammengesetzten Puzzles. Ein Besucher könnte denken, die Kinder kämen gleich zurück und spielten weiter. Doch auf alles hat sich eine dicke, graue, klebrige Staubschicht gesenkt, wie bei Dingen, die seit Hunderten von Jahren auf einem längst vergessenen Dachboden dahindämmern.

Pripjat ist eine Geisterstadt.

Hier, in der heutigen Ukraine, in der damaligen Sowjetunion, ereignete sich vor dreißig Jahren die größte durch menschliches Versagen verursachte Atomkatastrophe aller Zeiten. Manche Anwohner kamen infolge des radioaktiven Niederschlags sofort ums Leben. Andere starben bald darauf einen qualvollen Tod, und viele leiden bis heute an schweren Krankheiten. In der einen oder anderen Art sind alle Einwohner Pripjats Opfer jener Katastrophe, die sich in einer milden Aprilnacht durch eine ohrenbetäubende Detonation und darauffolgende tödliche Stille ankündigte und für immer blieb.

In Pripjat lebten ungewöhnlich viele junge Familien. Die Stadt war eigens für die Ingenieure und Arbeiter des in der Nähe gelegenen Kernkraftwerks gebaut worden. Alle waren mit Hoffnungen gekommen. Sie waren von der sowjetischen Regierung auserlesene Pioniere, die mit ihrem Wissen, ihrem Können und dank modernster Technologie etwas Besonderes erschaffen wollten. Unzählige Berichte geben Kunde davon, wie fröhlich und aufstrebend die junge Stadt war. Wem es in der damaligen Sowjetunion gelang, nach Pripjat zu kommen, der hatte etwas erreicht.

In jenem April warteten die Bewohner voller Freude auf den nahenden Frühling, dessen Vorboten sich schon längst überall angekündigt hatten. Denn die Menschen hatten einen besonders harten und strengen Winter hinter sich. Ohne zu ahnen, dass dieser Winter der letzte in ihrer geliebten Stadt sein würde, freuten sie sich auf den Jahrmarkt, der im Mai eröffnet werden sollte. Das Riesenrad mit seinen zitronengelben Gondeln stand bereits seit Wochen in der Stadt, wie ein gutmütiger Riese, mit tausend Armen und in jeder Hand ein Versprechen für die kältegeplagten Menschen.

Keiner ahnte, dass auch dieser Riese nichts gegen das unvorstellbar grausame Schicksal, das sie alle erwartete, ausrichten konnte. Keiner ahnte, dass sie ihre Stadt fluchtartig verlassen würden, noch bevor das Riesenrad seine erste Runde drehte. Keiner hätte sich vorgestellt, dass manchen von ihnen nur noch wenige Wochen oder Monate zum Leben blieben.

Als die Katastrophe aus dem Nichts über die Einwohner von Pripjat hereinbrach und wie ein gigantisches Ungeheuer Qual und Schmerz über sie brachte, hatten nicht nur sie Todesangst. Die Krallen des schrecklichen Geschöpfs griffen weltweit nach Millionen Menschen. Die Menschen fragten sich, ob auch sie nuklear verseucht werden würden. Die Kinder stellten ihren Eltern Fragen, auf die es keine Antworten gab. Manche sahen das Ende der Welt kommen. Verzweifelte nahmen sich das Leben.

Und nicht einmal Experten konnten sagen, was diese Tragödie für den Planeten Erde bedeutete. Die Menschen weltweit rückten näher zusammen, wie ein einziges Wesen, das zitternd vor Angst und Schrecken den Atem anhält. Das tödliche Schweigen und allgemeines Entsetzen hatten die gesamte Welt in ihre Gewalt gebracht.

Die gesamte Welt, nur nicht mich. Obwohl diese gewaltigen, übermächtigen Bilder der Nuklearkatastrophe durch die flimmernde Fernsehscheibe drangen und auch mir vor Augen kamen, wurden sie in meinem Kopf wie von unsichtbarer Hand zu einem einzigen winzigen Pixel komprimiert und in der Schublade der Bedeutungslosigkeit abgelegt. Denn meine Welt war zu jener Zeit klein. Sehr klein. Aber ungeheuer dicht. So dicht wie ein schwarzes Loch in der Galaxie, das alles in sich hineinzieht und absorbiert, bis nichts mehr übrig bleibt.

In meiner Welt existierten nur meine Eltern, meine zwei älteren Brüder, meine kleine Schwester und ich, Pilger aus Isfahan, gefangen in unserer eigenen unermesslichen Katastrophe.

Im Moment der Katastrophe hatten wir gerade Deutschland erreicht. Nach vierzehn Monaten Flucht hatten wir endlich einen Ort gefunden, wo wir uns ausruhen durften. Wir versteckten uns unter einer Glasglocke. Sie war unser sicheres Heim, eine kleine Dreizimmer-Sozialwohnung in Heidelberg. Wir schotteten uns von der Welt ab, um neue Kraft zu tanken, um endlich Zeit zu finden für den Abschied von unserer Heimat und um zu begreifen, was mit uns geschehen war.

Für mich galt es, jeden Tag aufs Neue in der unbekannten Straßenbahn den weiten Weg zur Schule zu bestehen und Tausende gesprochene fremde Worte aufzunehmen.

Es galt, eine neue Sprache zu lernen. Es galt, eine neue Welt zu entdecken, die Welt des von uns leidenschaftlich und lang ersehnten Europas. Es galt, eine gute Fee zu finden, die mich bedingungslos begleitete und mir Trost und Hoffnung gab. Es galt, all die komischen Dinge zu verstehen, die die komischen Fremden in diesem komischen Land taten.

Für mich galt es, die vielen Schulbriefe und Informationen zu verstehen und den Eltern zu übersetzen. Es galt, die verletzenden Anfeindungen und Lästereien der Mitschülerinnen und Mitschüler auszuhalten, ohne dass ich darauf antworten konnte.

Für mich galt es, mich und meinen Magen an das ungewohnte, eintönige Essen zu gewöhnen, das es in der Schulkantine gab. Mich an all das schöne, aber geschmacklose Gemüse und Obst, an den Reis, der nicht duftete, an die vielen Kartoffeln und an die viel zu süßen Getränke zu gewöhnen.

Es galt, zwischen Behördenpost und Werbepost unterscheiden zu lernen. Es galt, Behördensprache und Behördensystem der Bundesrepublik Deutschland zu verstehen und täglich Formulare durchzuarbeiten, die wir fristgemäß abgeben mussten. Es galt, keine Unterschrift an die falsche Stelle zu setzen.

Es galt, die Schimpftiraden älterer Menschen auszuhalten, die uns dorthin wünschten, wo der Pfeffer wuchs. Es galt, die aufdringlichen, aber freundlich gemeinten

Streicheleinheiten anderer älterer Menschen schweigend zu erdulden.

Mir und meiner Familie blieb schlicht keine Zeit für eine Jahrhundertkatastrophe.

So verpassten wir Tschernobyl.

TEIL EINS

IRAN

ISFAHAN

Von oben sieht Iran aus wie eine sitzende Katze, die ihren Kopf zu uns dreht und uns betrachtet. Auf ihrem Rücken trägt die Katze das gigantische Kaspische Meer. Zwischen den Vorderpfoten, an ihrem weichen Bauch, erstreckt sich das gewaltige Zagrosgebirge. Hier entspringt ein mächtiger Strom, den die Perser „Zayandeh Rud" nennen, „Leben spendender Fluss". Tausende Meter schießt der reißende Fluss den Berg hinab.
In der Ebene angelangt durchquert er die stolze Stadt Isfahan. Die Liebelei zwischen Stadt und Fluss dauert nicht lang, denn der Leben spendende Fluss stirbt, sobald er die Stadt verlässt. Wie eine Wildbiene nach dem Liebesakt mit ihrer Königin. An der Stelle verwandelt sich die weite Erde in gefährliche Sümpfe und einen riesigen Salzsee, den strahlend weißen Fleck, an dem das Herz der Katze schlägt.

Vor mehr als hundert Jahren saß ein viel beschäftigter junger Mann mit dem schönen Vornamen Abbas-Ali in seinem Büro. Er war ein stolzer Isfahani und soeben Chef der größten Salzfirma Isfahans geworden. Rund um seinen Schreibtisch stapelten sich Säcke voll Salz. Als einer der wenigen Menschen, die lesen und schreiben konnten, wurde Abbas-Ali von allen hoch geachtet. Eines Tages traten Beamte des Kaisers in sein Büro und überbrachten ihm eine Nachricht: „Sehr geehrter Abbas-Ali, wir sind Botschafter des Kaisers, Reza Schah Pahlavi, Schah von Persien, des Großen. In seinem Auftrag verkünden wir, dass von diesem Tage an auf Befehl des Kaisers, Reza Schah Pahlavi, Schah von Persien, des Großen, alle Bürger Persiens neben ihrem Namen auch einen Nachnamen zu tragen haben. Zu diesem Zweck bekommen sie ein Familienstammbuch ausgehändigt."

Der junge Abbas-Ali, den seine Urenkel eines fernen Tages liebevoll Baba Abbas-Ali rufen würden, verwunderte sich sehr und fragte höflich: „Verzeiht mir meine große Unwissenheit und meine unwürdige Frage. Was aber ist ein Familienstammbuch?"

Die Beamten erläuterten, dass dies ein Buch sei, worin für alle Zeiten festgeschrieben stehe, wie jeder Einzelne sowohl mit Vornamen als auch mit Nachnamen heiße und wessen Kind er sei: „Dadurch können die Menschen besser auseinandergehalten werden, oh würdiger Abbas-Ali. Daher bitten wir Euch nun, denkt Euch rasch einen Nachnamen aus. Wir haben einen weiten Weg hinter uns und einen noch weiteren vor uns, und die erbarmungslose Sonne geht bald unter."

Darauf war Abbas-Ali nicht vorbereitet, und er musste erst einmal nachdenken. Er schaute sich um, überlegte mit geschürzten Lippen und rieb sich spielerisch die Nase. Dann sprach er zu den abgehetzten Beamten: „Nun ja, wenn ich mich so umsehe, ist alles, was ich erblicke, Salz. Mein Vater handelte mit Salz und mein Großvater ebenso. Ich ernähre heute meine Kinder durch den Handel mit dem wunderbaren Salz. Nun, ich möchte ‚Sohn des Salzes' genannt werden, der ‚Salzgeborene' – Namakizadeh. Und da ich aus Isfahan stamme, möchte ich Namakizadeh-Esfahani heißen."

So entstand der Familienname meiner Mutter. Noch heute erinnert sie sich daran, wie ihr Großvater, Baba Abbas-Ali, diese Geschichte erzählte.

Die Isfahani nennen die Sümpfe an jenem Salzsee „Gav Khuni". Das Wasser hier ist nicht tief, aber tödlich. „Ein falscher Schritt, und du verschwindest für immer im moorigen Boden. Halte dich bloß fern vom Gav Khuni! Und komm dem Fluss nicht zu nah, denn er muss das Gav Khuni füttern", sagen die Mütter zu ihren Kindern.

Der Zayandeh Rud führte so viel Wasser durch Isfahan und schwoll oft so sehr an, dass Menschen darin ertranken. Immer wieder hörte man von diesem oder jenem, der vom Fluss mitgenommen worden und im Gav Khuni für immer verschwunden war. Gleichwohl liebten die Isfahani den Fluss. Er brachte ihnen Freude und war ein Ort, an dem sie sich trafen. So manche der vielen Brücken, die diesen Fluss überspannen, haben in Hunderten von Jahren viele Menschen kommen und gehen sehen. Die schönste unter ihnen ist vierhundert Jahre alt und heißt Si-o-Se-Pol, die Dreiunddreißig-Bogen-Brücke. Dreiunddreißig Bogen in den Wänden führen über Stufen direkt zum Wasser. Auf der breiten, überdachten Brücke laden Teehäuser zum Verweilen ein. Hier feierten, schlenderten, sangen, trommelten und tanzten die Isfahani. Hier trafen sich Verliebte, wenn nachts die Bogen von unten angestrahlt wurden und die

Brücke sich im Wasser spiegelte, das wie Tausende zitternde Pailletten glitzerte.

Auch meine Eltern verbrachten verliebte Stunden auf dieser Brücke und in den Parks am Ufer, als mein Vater als junger Arzt und meine Mutter als junge Krankenschwester sich im Krankenhaus kennenlernten.

An der Brücke war es am frühen Abend noch menschenleer. Dann kamen immer mehr Menschen aus ihren Häusern, alle herausgeputzt und in Flanierlaune. Die Straßenhändler sahen ihre Stunde gekommen. Sie priesen in lautem und immer gleichem Singsang ihre Waren an. Sie sangen: „Baghaliiiiii", „Djigaaaaaar" oder „Ballaaaaaaaali" – der Duft von dicken Bohnen, gegrillter Leber und gebratenen Maiskolben trieb die Leute zu den Essensständen. Und je heller die Straßenlaternen und der Sternenhimmel um die Wette leuchteten, desto lauter wurde das fröhliche Kindergeschrei. Manche Familien schlenderten gemeinsam durch die Nacht, und die Erwachsenen kauften den Kindern das begehrte Eis. Dann erwachte das Leben am Zayandeh Rud, dem „Leben Spendenden". Ich war vier Jahre alt, und die Brücke war mein liebster Platz in unserer Stadt.

Eines Tages waren meine Lieblingstante und ihr Mann zu Besuch bei uns. Sie waren gekommen, um mit meinen Eltern zusammen Radio zu hören. Es war das erste Mal, dass sie nicht miteinander Karten spielten. Nach der Nachrichtensendung schaltete mein Vater das Radio aus.

„Dieser Schah hat unsere Geduld wirklich überstrapaziert“, sagte er. Er meinte den iranischen Kaiser, der sich selbst den Namen „Mohammad Reza Schah Pahlavi, Schahinschah, der letzte Herrscher auf dem Pfauenthron“ gegeben hatte. Die Erwachsenen waren stolz darauf gewesen, dass ich seinen vollen Namen auswendig aufsagen konnte. Heute redeten sie lange über ihn. Aber sie sprachen schlecht von ihm. Ich hatte den Schah immer toll gefunden. Seine Frau, Farah Diba, war für mich die schönste Kaiserin der Welt, und sie hatten beide wunderschöne Kronen. Ich hatte sie und ihre Kinder, die Prinzen und Prinzessinen, schon oft gemalt.

„Der Schah hat es zu weit getrieben. Er lebt in Saus und Braus, während auf den Straßen Armut herrscht. Schaut euch nur mal seine Paläste an“, sagte meine Mutter.

„Wir müssen etwas dagegen tun. Geredet wurde genug. Jetzt müssen Taten folgen“, sagte meine Tante und stand auf. „Wer geht mit? Ich gehe jetzt gleich auf den Schah-Platz und erhebe meine Stimme.“

Mein Vater erhob sich ebenfalls. „Ja, genau. Jetzt oder nie!“, sagte er entschieden. Dann schaute er zu mir. Ich lag bäuchlings auf dem Boden, stützte den Kopf in meine Hände und hatte den Erwachsenen zugehört. „Du kommst mit. Zieh deine Schuhe an“, sagte er zu mir.

„Aber ist das nicht zu gefährlich?“, fragte meine Mutter.

„Du hast es doch im Radio gehört. Es sind Familien

auf dem Platz. Sie werden doch nicht auf Kinder schießen.“

Wir liefen zum Schah-Platz. Ich liebte den Platz, weil ich hier in die Ferne schauen konnte. Der Platz war riesig. Der jüngere von meinen beiden älteren Brüdern hatte einmal zusammen mit unserem Vater ausgerechnet, dass der Platz so groß sein musste wie dreizehn Fußballfelder. Ich hatte noch nie ein Fußballfeld gesehen. Aber ich wusste, dass ein Fußballfeld sehr groß war, weil dieser Bruder es mir gesagt hatte. Was er sagte, glaubte ich. Ich konnte ihm vertrauen. Er war nur ein Jahr älter als ich, aber er begleitete mich überallhin, wie ein unsichtbarer Schutzengel. Er war schmächtig, flink, fröhlich, sportlich und beliebt. Mit Bedacht und ansteckendem Elan setzte er sich gegen Ungerechtigkeiten in seiner Umgebung ein. Seine Gegner bezwang er durch seinen Witz und Charme. Und er war sehr klug. Ich bewunderte ihn dafür, dass er seine Süßigkeiten nie sofort ganz aufaß. Oft fragte ich ihn: „Warum isst du nicht alles auf einmal?“

Diese Frage beantwortete er mir ein ums andere Mal mit so viel Geduld wie Verstand: „Ich hebe mir den Rest auf für knappe Zeiten.“

Das beeindruckte mich sehr, und ich nahm mir vor, beim nächsten Mal ebenfalls etwas aufzuheben für die „knappen Zeiten“, obwohl ich nicht wirklich begriff, was „knappe Zeiten“ eigentlich waren.

Der Platz also, der ohne Zweifel so groß wie dreizehn

Fußballfelder war, war an jenem Tag voller Menschen. Sie riefen laut Worte, die ich nicht verstand.

„Papa, ich sehe nichts. Ich hab Angst“, sagte ich und zog an der Hand meines Vaters.

Er stand mit glänzenden Augen da und schaute in die Menge. Er bemerkte meine kleine Hand nicht.

„Papa, nimmst du mich auf die Schultern? Bitte!“

Da wachte er auf. „Ach, natürlich!“

Er nahm mich mit seinen großen Händen und setzte mich auf seine Schultern, die mir immer wie ein kraftvolles Schiff vorgekommen waren, das niemals untergehen würde.

Ich roch die Haare meines Vaters und hatte keine Angst mehr. Ich steckte die Nase in seine schwarzen, weichen Haare und riss die Augen weit auf. So weit, wie die Augen eines fünfjährigen Kindes werden können.

Ich blickte auf ein Meer aus Menschen. Ich schaute nach rechts und nach links und sogar nach hinten. Überall waren Menschen. Man sah keine Straßen, keine Bäume und keine Autos mehr. Denn die Menschen waren auf alles geklettert, was auf dem Platz stand. In den Bäumen hingen mehr Menschen, als sie eigentlich tragen konnten. Auf den Autodächern tanzten und trommelten die Leute. Und immer wieder ging eine Welle durch die Menge. Auch mein Vater und ich wurden wiederholt von einer Welle erfasst.

Ich erinnerte mich an unseren letzten Urlaub, als wir alle zusammen mit meinen Cousins, ihren Eltern und unseren Großeltern ans Kaspische Meer gefahren waren. Wir hatten eine Fahrt mit einem schnellen Boot unternommen. Der Lärm des Motors war für meine Ohren zu laut gewesen, sodass ich sie hatte zuhalten müssen. Ich hatte gesehen, wie das Wasser an die Bootsspitze geklatscht und mit viel Schaum an den Seiten entlanggeschossen war. Dann plötzlich hatte der Bootsführer den Motor angehalten, und das Boot blieb lautlos stehen. Nach einer Weile war das Wasser ganz ruhig geworden, und die Erwachsenen hatten gesagt, alle sollten einmal still sein, damit wir die Meeresstille hören könnten. Da hatte das Boot angefangen zu schaukeln. Jede Welle, die das Meer ans Boot schob, hatte es mit einer sanften Bewegung angehoben und wieder gesenkt. Mein großer Bruder hatte gesagt, ich solle die Augen schließen, und ich hatte das Schaukeln des Boots auf dem Meer gespürt. Ich war traurig gewesen, als die Erwachsenen wieder zu sprechen begannen und der Bootsführer den Motor startete.

Nun kamen die Wellen wieder. Jede Welle, die meinen Vater erfasste, ließ uns nach oben schaukeln. Ich schloss die Augen. Mein Vater ließ mich lange dort hoch auf seinen Schultern sitzen. Als ich müde wurde, nahm er mich auf den Arm und trug mich nach Hause.

Noch in der Nacht träumte ich von einem singenden Meer. Die Wellen sangen Revolutionsparolen: „Gott ist der Einzige, es lebe der Führer!"

Am Wochenende fragte ich meine Großmutter aus, die aus Teheran nach Isfahan zu Besuch gekommen war.

„Oma, wer ist der Führer?"

„Er ist ein alter, weiser Mann, der an Gott glaubt. Ich hab dir doch mal von Mohammed, dem gutherzigen Propheten, erzählt", sagte meine Oma.

„Ja, der, der seine Kleidung und seine Datteln mit den Armen geteilt hat", antwortete ich.

„Genau, und unser Führer ist eine Art Enkel von ihm. Deshalb darf er auch einen schwarzen Turban tragen. Er ist ein Seyyed, ein direkter Nachfahre von Mohammed, dem Begründer des Islam."

„Oma, wollen die Leute vom Schah-Platz, dass der Führer der neue Kaiser von Iran wird?"

Meine Großmutter lachte. „Ja, meine Kleine. Aber das ist nicht so einfach. Denn der Schah hasst ihn. Daher hat er ihn auch aus Iran fortgeschickt. Der Führer ist leider ganz weit weg. Und deshalb sind die Leute wütend. Deshalb brüllen sie so laut. Aber du musst dich nicht davor fürchten. Sie wollen nur, dass unser Führer zurückkommt. Verstehst du?", fragte sie.

„Und können der Schah und seine Familie im Palast wohnen bleiben, wenn der Führer unser neuer Kaiser wird und in den Palast einzieht?"

Meine Großmutter wurde ernst. „Chomeini will gar nicht in diesem Palast wohnen. Er braucht das alles nicht. Er wird auch nicht Kaiser werden und keine Krone tragen. Er wird seinen schwarzen Turban behalten."

Ich bewunderte diesen alten, guten Mann.

Von da an passierten tagtäglich draußen außergewöhnliche Dinge. Die Menschen gingen tagsüber auf die Straßen und nachts auf ihre Dächer. So stand auch meine Familie bald jeden Abend bis lange nach Einbruch der Dunkelheit auf dem Dach. Ich sah überall auf den anderen Dächern Menschen. Alle Nachbarn und deren Kinder standen auf ihren Dächern und riefen dieselben Parolen.

„Das ist eine Revolution, Kinder!“, sagte mein Vater. „Schaut gut hin. Ihr erlebt hier etwas sehr Seltenes.“ Er lachte.

Wir Kinder freuten uns. Wir riefen die Parolen, so laut es nur ging.

„Wetten, ich kann lauter brüllen als ihr beide zusammen?“, fragte der ältere meiner beiden Brüder.

Ich fand ihn toll. Er hatte stets gute Spielideen. Immer, wenn wir spielten, bestimmte er, was gespielt werden sollte und nach welchen Regeln. Wir jüngeren Geschwister waren froh, dass er so viele Einfälle hatte. Wir spielten nie ein Spiel zweimal. Denn er hatte jedes Mal eine neue Idee, und für uns stand fest, dass er noch viele haben würde. Dieser Bruder wusste ganz genau, welchen Beruf er einmal ergreifen wollte. Er wollte Schokoladenfabrikant werden.

„Wenn ich mal Fabrikchef bin, laufe ich jeden Tag durch die Hallen der Fabrik und esse dabei so viel Schokolade, wie ich will. Und ich schicke jedem Kind, das Geburtstag hat, ein Paket voller Schokolade. Das sind jeden Tag sicher Hunderte von Paketen.“

Ich war froh, dass mein Bruder Fabrikbesitzer werden wollte. Bestimmt würde er mir etwas von der Schokolade abgeben. Insgeheim beneidete ich ihn auch um seine berufliche Zukunft.

Während der Revolution erfand ebendieser Bruder eine Menge neuer toller Spiele auf dem Dach. Wir Kinder lachten viel und brüllten die Parolen so laut, dass wir am nächsten Tag heiser waren.

Für mich war die Revolution wie die Zeit, wenn meine Brüder Sommerferien hatten. Die Familie unternahm gemeinsam schöne Dinge. Unser Vater hatte Zeit, und die großen Brüder mussten nicht zur Schule gehen, oder sie machten einfach keine Hausaufgaben. Das Beste an der Revolution war aber, dass wir Kinder abends erst ganz spät ins Bett gingen. Die Revolution machte Spaß.

In jenen Monaten der Revolution hörten die Erwachsenen einen verbotenen Radiosender einer britischen Rundfunkanstalt, der British Broadcasting Corporation. Die BBC-Sendungen propagierten und lenkten die Revolution. Sie gaben Anweisungen, in welcher Stadt die Bewohner auf welche Weise protestieren sollten.

Eines Tages rief die BBC alle Isfahani auf, mit ihren Autos zu einem bestimmten Verkehrsknotenpunkt der Stadt zu fahren. Mein Vater, mittlerweile ein anerkannter und wohlhabender Arzt, war von der Idee und ihrer Wirksamkeit sogleich überzeugt und rief umgehend zu Hause an. Er sagte zu meiner Mutter: „Schnell, zieh die

Kinder an! Pack genug Essen und Trinken ein. Ich schließe jetzt die Praxis und hole euch alle ab."

Meine Mutter war besorgt: „Ist etwas passiert? Wohin fahren wir? Die Kinder haben doch noch nicht ihre Hausaufgaben erledigt."

Mein Vater lachte: „Oh ja! Es ist etwas passiert, es ist etwas Wunderbares passiert. Wir machen heute Revolution! Lass uns nicht lange reden. Ich hole euch gleich ab."

An dem Tag reihten wir uns mit unserem Auto in einen riesigen Stau ein und verbrachten darin mehrere Stunden. Es waren euphorische und glückliche Stunden. Der Protest wurde zu einem gigantischen, verbotenen Volksfest. Jeder Autofahrer gab sich Mühe, ein Lied zu hupen. Und die Umstehenden, die keine Autos hatten, trommelten und tanzten. Zwischen den Fahrzeugen rannten Händler mit ihren Bauchläden umher. Sie ließen nichts unversucht, um uns Kaugummis, Taschentücher, Wasser, Schnürsenkel, Haarbürsten, Pistazien und Mandeln, kurz alles Mögliche und Unmögliche, zu verkaufen. Ein alter Mann bot sogar Pfauenfedern an. Die Menschen in den Autos waren spendabel und fröhlich. Sie kauften kräftig ein. Auch die Scheibenputzer wurden von den Autobesitzern großzügig entlohnt. Wir Kinder staunten. Uns konnte eine solche Revolution nur Spaß machen. Die Erwachsenen spielten augenscheinlich verrückt und taten verbotene Dinge. Dabei empfanden alle, dass sie zusammengehörten und für eine gemeinsame Sache kämpften. Und es gab einen gemeinsamen Feind, den wir Kinder sogar laut beschimpfen und verwünschen durften: den Schah.

Am nächsten Tag hörte ich die Erwachsenen erzählen.

„Wahnsinn, der Stau hat gestern zum Verkehrskollaps geführt. Wir haben gesiegt“, sagte mein Vater zu meiner Mutter.

„Was macht es dem Schah schon aus, ob in Isfahan ein Stau war oder nicht?“

„Aber schau doch, die komplette öffentliche Ordnung ist gestern zusammengebrochen. Im Radio wurde berichtet, dass die Polizei dem machtlos gegenüberstand. Viele Menschen sind nicht zur Arbeit gegangen. Und die Basari waren stinksauer, weil Laster mit wichtigen Waren aus Isfahan und nach Isfahan nicht durchgekommen sind. Viele Geschäfte im Basarzentrum sind nicht beliefert worden. Stell dir das mal vor! Wie viele Verluste die Basari gemacht haben! Es ist, als wenn das Herz eines Menschen für Bruchteile einer Sekunde aufhört zu schlagen und seine Beine ihm für einen kurzen Moment nicht mehr gehorchen. Die Basari sind aufgebracht. Wenn die den Schah nicht mehr unterstützen, ist es vorbei mit ihm. Dann hat er keine Chance mehr. Lass sie noch ein paarmal Verluste erleiden, und sie tragen den Schah höchstpersönlich ins Exil. Mit den Basari wills keiner aufnehmen. Die Idee mit dem Verkehrskollaps war genial!“

Eines Abends klingelte das Telefon. Mein Vater hob ab. Ich war auch zum Telefon gerannt, weil in letzter Zeit jeder Anruf eine neue Nachricht bedeutete. Ich drückte mein Ohr an den Hörer, um zu hören, wer anrief. Es war ein Freund meines Vaters. Er war sehr aufgeregt. „Geht schnell raus und schaut in den Himmel. Er ist im Vollmond erschienen."

Mein Vater verstand nicht: „Wer, um Himmels willen? Wer ist im Vollmond?"

„Ja, verstehst du denn nicht? Er! Unser religiöser Führer. Gottes Vertreter auf Erden."

Da legte mein Vater den Hörer einfach auf den Tisch und rief alle zusammen. Schon hatte er die Terrassentür geöffnet und blickte mit erhobenem Kopf und glänzenden Augen in den Himmel. Sein Gesicht leuchtete. Er rief: „Schnell alle aufs Dach! Der Führer ist im Mond."

Alle rannten aufs Dach. Von uns Kindern wollte jeder der Erste sein. Wir schubsten uns gegenseitig und zankten uns. „Lass mich vor! Ich will ihn sehen", beschwor ich den jüngeren meiner Brüder und boxte ihm in die Beine.

„Ich will ihn auch sehen. Jetzt drängle doch nicht so!", gab er mir zur Antwort. Schließlich war er viel stärker als ich.

„Kinder, hört auf zu streiten. Sonst schick ich euch ins Bett", sagte unsere Mutter.

Ich musste mich gedulden. Endlich waren wir oben angelangt. Und er war da! Ein schwarzer Umriss zeigte sein Profil mit dem langen Bart und dem Turban im leuchtenden Vollmond. Er hatte sogar die Hände zum Gebet gefaltet.

„Ich kann ihn sehen!“, rief ich. Ich war sehr aufgeregt und schaute den älteren meiner Brüder an. Er sah nur in den Himmel und lächelte.

„Ich kann ihn nicht sehen. Wo ist er denn?“, fragte der jüngere meiner Brüder. „Wo guckt ihr denn alle hin? Wo soll er denn sein?“

„Scht, sei leise!“, sagte ein Erwachsener zu ihm.

Jetzt fiel mir auf, wie ruhig es in dieser Nacht auf dem Dach war. Immer mehr Nachbarn stiegen auf ihre Dächer. Sie unterhielten sich leise und verzückt. Einige staunten, andere beteten. Niemand brüllte Parolen. Der Mond war mir noch nie magischer und größer, der Sternenhimmel nie vollkommener erschienen.

Mein Vater sagte: „Ein Wunder ist geschehen.“

Danach verließ der Schah Iran und wählte das Exil. Der geliebte Führer wurde mit einem Flugzeug aus Paris nach Teheran geflogen. Die Iraner jubelten und feierten und beteten. Mein größter Wunsch war in Erfüllung gegangen.

Die Freude über den Weggang des Schahs währte jedoch nicht lange. Nichts wurde besser. Im Gegenteil. Alles, was die Menschen unter dem Schah schon kritisiert hatten, wurde noch schlimmer. Noch viel mehr Menschen verloren Arbeit und Einkommen. Die Gefängnisse des Schahs wurden nicht geschlossen. Es wurden neue gebaut. Oft kamen dieselben Menschen, die schon unter dem Schah für die Freiheit gekämpft hatten, wieder ins Gefängnis. Gleichzeitig führte der neue Führer viele Vorschriften ein, die angeblich auf den Vorschriften der Heiligen Schrift der Muslime, des Koran, beruhten.

Bald darauf stürzte mitten am Tag meine Tante in unser Haus. Ich war zu Hause. Das Gesicht meiner Tante war rot, und ich sah, dass sie geweint hatte.

Meine Mutter lief ihr entgegen und fragte: „Was ist passiert? Um Gottes willen, was ist los?"

Meine Tante konnte nicht sprechen. Sie setzte sich auf einen Stuhl.

„Hol schnell ein Glas Wasser!", forderte meine Mutter mich auf.

Ich rannte in die Küche und holte das Glas. Ich wollte alles richtig machen, denn ich war ja fast schon ein Schulkind. Ich musste nur noch bis zum Sommer warten. Dann durfte ich endlich in die Schule.

Als ich zurückkam, hatte meine Tante schon angefangen zu erzählen, was passiert war.

„Sie haben sie einfach mitgenommen", hörte ich die Tante sagen.

„Aber warum, was hat sie denn getan?", fragte meine Mutter. Sie war sichtlich aus der Fassung.

„Die anderen haben gesagt, dass ihr Schleier verrutscht war und dass dann die Wächterinnen aufgetaucht sind und sie aufgefordert haben, ihren Tschador zu richten", sagte die Tante.

„Diese Wächterinnen! Die sind ja krank. Ihnen machts doch Spaß, wenn sie Angst und Schrecken verbreiten können. Das sind doch alles frustrierte Frauen vom Land, die keinen Mann abgekriegt haben. Und jetzt sind sie wer und können tun, was sie wollen“, erregte sich meine Mutter.

„Wo sind wir bloß hingekommen? Was ist aus unserem schönen Land geworden? Stell dir vor, sie haben dem armen Mädchen mehrere Ohrfeigen verpasst, weil sie angeblich eine freche Antwort gegeben hat. Ihre Nase hat geblutet. Dann haben sie sie in ihr Auto gezerrt und sind mit ihr weggefahren. Sie haben sie entführt“, sagte sie und fing wieder an zu weinen.

„Mein Gott, hoffentlich kommt sie lebend zurück. Ich hab schon von mehreren Entführungen gehört. Der Mann von Frau Fahimy ist auch noch nicht zurück. Und der wurde schon vor acht Wochen entführt. Keiner weiß, wo er steckt. Sie sagen seiner Frau nichts“, sagte meine Mutter.

„Ja, ich bin dann gleich losgefahren, als Frau Golban zu mir kam. Sie war vollkommen aufgelöst und konnte das Baby nicht allein lassen. Ich bin zum Wächterposten unseres Viertels gefahren. Glaub mir, die haben mich ausgelacht. Sie sagten, das gehe mich nichts an. Selbst wenn ihre Mutter persönlich käme, würden sie nichts sagen. Jeder würde seine gerechte Strafe erhalten. Ich wollte ihnen Geld geben, aber sie haben mich fortgeschickt. Die arme Frau Golban. Wie hält sie das nur aus?“

Da wurde mir klar, um wen es ging. Es war die Tochter der Nachbarin meiner Tante. Siba war ein tolles Mädchen. Ich mochte sie sehr. Immer, wenn wir bei meiner Tante zu Besuch waren und ich mich langweilte, ging ich zu Siba. Sie war schon eine junge Frau. Sie war Sportlerin und erzählte mir jedes Mal die wildesten Geschichten. Ich durfte sogar bei ihr bleiben, wenn sie Freundinnen zu Besuch hatte. Sie war für mich wie eine große Schwester. Ich bekam einen furchtbaren Schreck und lief in mein Zimmer. Von den neuen Wächtern des Führers, den Pasdaran, hatte ich schon viel gehört. Oft plagten mich Albträume, in denen sie mich verfolgten und ich um mein Leben rannte.

Die Pasdaran hatten nichts mit der Polizei zu tun und waren auch keine Soldaten. Sie waren ein zweites Militär, das nicht die Feinde außerhalb der Grenzen bekämpfte, sondern die Feinde im Innern des Landes. Ihre Aufgabe bestand darin, die eigene Bevölkerung zu kontrollieren und zu unterwerfen, wie es hieß, zum Schutz der islamischen Revolution. Sogar die Polizei hatte Angst vor ihnen.

Die Pasdaran waren überall! Sie waren immer zu viert und tauchten wie aus dem Nichts auf. Wie Krokodile, die ungesehen unter der Wasseroberfläche lauern und dann, wenn sie ihrem Opfer nah genug sind, mit ihrem tödlichen Maul jäh zuschnappen. Es gab männliche und weibliche Pasdaran. Die männlichen verhafteten Männer, und die weiblichen nahmen Frauen mit. Die männlichen Patrouillen waren in bequeme Kampfhosen und Kampfhemden gekleidet, sie hatten lange ungepflegte Bärte und waren bewaffnet.

Die Frauen trugen lange schwarze Tschadors. Ein Tschador ist wie ein Bettlaken, das die Frauen sich mit einem großen Schwung über den Kopf werfen. Er reicht bis zum Boden und verhüllt die ganze Frau von Kopf bis Fuß. Die Frauen halten den Tschador von innen mit einer Hand vor ihrem Gesicht fest, oder sie befestigen ihn mit einer Sicherheitsnadel, sodass er von selbst hält. Die strenggläubigen Frauen oder solche, die nicht auffallen wollten, hielten den Tschador vor ihrem Gesicht so fest zusammen, dass man von außen nur ihre Nasenspitze und ein einzelnes Auge sehen konnte. Sie waren ein wandelndes schwarzes Zelt mit einer nackten Nasenspitze und zwei Füßen.

Die Pasdaran saßen in einem Geländewagen mit der kleinen Schrift 4WD, Four Wheel Drive. Schon bald kam ein Spitzname für diese Wächter auf. Die Leute nannten sie Four Welgarde Daayus, vier hinterhältige Herumtreiber. Denn die Wächter waren oft Menschen, die Freude daran fanden, andere Menschen herumzukommandieren, zu erniedrigen und zu quälen. Es waren Menschen, die vor der Revolution nichts zu sagen gehabt hatten und von ihren Mitmenschen belächelt oder verachtet worden waren. Menschen, die nur zu einem Sportereignis gegangen waren, um hinterher zu randalieren, oder Menschen, die immerzu Streit suchten und sich mit jedem schlugen. Jetzt wurden sie vom Staat dafür bezahlt. Das wusste ich alles von den Erwachsenen. Ich hatte fürchterliche Angst vor den Pasdaran.

Ich war in großer Sorge um Siba und erzählte alles meinen Brüdern, als sie von der Schule nach Hause kamen. Um Siba drehten sich auch am Abend alle Gespräche in der Familie. Sie behielten sie zwei Tage lang auf der Wache und schlugen sie. Sie gaben ihr nichts zu essen. Am dritten Tag banden sie ihr die Augen zu, wie schon bei der Entführung, und fuhren sie kreuz und quer durch die Stadt. Irgendwann warfen sie Siba einfach aus dem Auto. Ein paar Ladenbesitzer nahmen sich ihrer an und benachrichtigten telefonisch ihre Eltern. Siba wusste nicht, wo sie gewesen war, und sie wollte nicht erzählen, was man ihr angetan hatte. Sie stand unter Schock und lachte für lange Zeit nicht mehr. Bald kannte in den Städten jeder jemanden, der von den Wächtern mitgenommen worden war. Auch wir Kinder. Die Menschen lebten in ständiger Furcht und setzten alles daran, die vielen Verbote so weit wie möglich zu befolgen.

Und dann kam der Krieg.

Das Nachbarland Irak erklärte Iran den Krieg, und die irakische Armee rückte in die Grenzgebiete vor. Ich hörte, wie die Erwachsenen davon sprachen, dass die Kommunisten mit den Irakis gemeinsame Sache machten, nur weil sie unser Öl wollten. Ich hörte auch, wie die Erwachsenen über die Araber schimpften, die Wilden, die

Barbaren, die schon immer danach trachteten, Iran zu erobern, und jetzt die Gunst der Stunde nutzten. Zwischen den Bewohnern Iraks und Irans herrschte ein seit Jahrhunderten tief verwurzelter Hass. Jedes Mittel war recht, den anderen zu vernichten. Im Radio hörten wir, dass die Iraker planten, Iran in einer zweiwöchigen militärischen Operation zu überrennen. Doch aus dem Angriff wurde ein Krieg, der bald zu unserem Alltag gehörte.

Zwei Wochen nach meinem sechsten Geburtstag, als ich schon meinen zweiten Milchzahn verloren hatte, kam ich in die erste Klasse. Meine Tante, die selbst keine Töchter hatte, und meine Mutter, deren älteste Tochter ich war, riefen mich am Nachmittag vor dem großen Tag der Einschulung zu sich: „Du kommst morgen in die Schule. Freust du dich schon?“, fragte meine Tante.

Ich freute mich seit Monaten auf die Schule und konnte an nichts anderes mehr denken. Schüchtern lächelte ich, zeigte dabei meine Zahnlücken, nickte und erkundigte mich: „Bekomme ich zur Einschulung ein Geschenk?“

Meine Mutter sagte: „Aber natürlich! Du bekommst ein ganz tolles Geschenk. Und du darfst nun endlich ein Kopftuch tragen.“

Ich erschrak und fragte: „Ein Kopftuch? Warum brauch ich ein Kopftuch? Dann seh ich ja aus wie die hässlichen Mädchen vom Dorf. Ich mag kein Kopftuch!“

Meine Mutter schaute ihre Schwester an. Sie hassten ja beide selbst das Kopftuch, verwünschten das Gesetz tagtäglich. Ganz besonders im Sommer hörten wir Kinder bei jeder Gelegenheit Flüche wegen der Kopftücher. Trotzdem mussten meine Mutter und meine Tante mich nun überzeugen.

Meine Tante hatte eine Idee: „Du bist doch jetzt ein großes Mädchen. Und große Mädchen dürfen ein Kopftuch tragen. Überleg doch mal. Tragen deine Brüder ein Kopftuch?“

Ich schüttelte den Kopf.

„Und hast du schon einmal einen deiner Cousins ein Kopftuch tragen sehen?“

Meine Lippen waren zu einer beleidigten Miene verzogen, und meine Arme hatte ich fest vor der Brust verschränkt.

Da sagte meine Tante mit stolzer Stimme etwas, das mich wirklich überzeugte: „Du bist nun das allererste Mädchen in der gesamten Familie, das ein Kopftuch tragen darf. Was glaubst du, wie neidisch all die Jungs auf dich sein werden?“

Bei diesem Gedanken überzog ein strahlendes Lächeln mein Gesicht, und augenblicklich lösten sich meine Arme aus der Verschränkung. Denn tatsächlich gab es in unserer riesigen Verwandtschaft vor meiner Geburt einhundert Jungs – so kam es mir zumindest vor – und kein einziges Mädchen. Es war ein wahres Wunder gewesen, dass mit mir in der Familie endlich ein Mädchen das Licht der Welt erblickt hatte. Die ganze Verwandtschaft schaute stets darauf, was ich tat. Meine schönen

Kleidchen, meine Lackschuhe und meine extrem langen Haare ließen mich aus der Masse herausragen. Der Gedanke, dass all die Jungs aus der Familie auf mich neidisch sein würden, gefiel mir so gut, dass ich mich bereit erklärte, ein Kopftuch zu tragen.

Meine Tante und meine Mutter lobten mich. Ich durfte mich bequem hinsetzen, und sie probierten mit meinen langen Haaren verschiedene Frisuren aus. Doch es gelang ihnen nicht, die vielen Haare unter ein Kopftuch zu bringen. Mit ernsten Gesichtern zogen und zupften sie an meinen Haaren und an meinem Kopf.

„Dieses Mistwetter. Warum muss es ausgerechnet jetzt so schwül sein! Da hat das Mädchen immer so widerspenstiges Haar", sagte meine Mutter.

„Ja, davon kann ich auch ein Lied singen. Aber was machen wir jetzt mit den Haaren?"

„Tja, ich weiß auch nicht weiter."

Sie hatten anscheinend vergessen, dass ich zwei Ohren hatte und ihrer Unterhaltung genau folgen konnte. Für mich klang das alles sehr beunruhigend. Angst überkam mich.

Ich fragte: „Schneidet ihr mir jetzt eine Glatze?" Da ich keine Antwort erhielt, redete ich weiter: „Das will ich nicht. Ich will kein Kopftuch mehr, und ich will auch nicht in die Schule."

Meine Mutter beruhigte mich und ließ mich spielen gehen, sodass ich über den Nachmittag alles vergaß. Am Abend rief sie mich zu sich und flocht meine Haare, wie sie es jeden Abend vor dem Schlafengehen tat. An diesem Abend vor der Einschulung flocht sie mir den schönsten Zopf, den ich je gehabt hatte. Sie band ihn unten mit der wunderschönen schneeweißen Seidenschleife zu, mit der sie meine Haare sonst nur für besondere Anlässe schmückte. Dann legte sie eine große Schere am Zopfansatz an und schnitt den Zopf ab.

An jenem grauen Abend wurde mir nicht einfach nur ein Zopf abgeschnitten. Ganz tief in mir wurde etwas abgetrennt, wofür ich keinen Namen hatte, sondern nur eine Erinnerung.

In der Nacht vor meiner Einschulung war ich voller Kummer und tränkte mein warmes Kissen mit Tränen. Ich weinte nicht vor Trauer, sondern vor Wut.

So begann für mich meine Schulzeit – in einer Mädchenschule, denn die Schulen waren auf Geheiß des Führers in Mädchen- und Jungenschulen getrennt worden. Die Wut in mir steigerte sich mit jedem neuen Schuljahr, wie ein hässlicher Kürbis mit Fratze, der nicht aufhören wollte zu wachsen.

Ich spürte schon vom ersten Tag an, dass die Lehrerinnen uns Kinder nicht mit Achtung behandelten. Trotzdem oder gerade deswegen wollte ich in der Schule die Beste sein. Ich hatte große Freude am Lesen- und Schreibenlernen und an der Fremdsprache Arabisch. Auch die Hausaufgaben machten mir Spaß. Ich war sehr wissensdurstig.

Doch um mich herum passierten schreckliche Dinge.

Und obwohl die Erwachsenen sich die größte Mühe gaben, das Unheil vor uns Kindern geheim zu halten, merkten wir, dass etwas nicht stimmte. Die neue Regierung erließ fast monatlich neue Vorschriften und Gesetze. Nach der strengen Kleiderordnung für alle kam das Verbot weltlicher Musik. Im einzigen Fernsehprogramm liefen den ganzen Tag Korangesänge, Kriegslieder und Trauergedichte, rezitiert, gesungen und vorgetragen von Männerstimmen, denn Frauen durften nicht mehr ihre Stimmen einsetzen.

Spielfilme und Videos wurden verboten. Spiele auch. Schach war nicht erlaubt, Kartenspiele, „Mensch ärgere Dich nicht“ und andere Würfelspiele waren es ebenso wenig. Tanzen wurde bei Gefängnisstrafe verboten. Am Zayandeh Rud sah man keine Verliebten mehr. Denn zu zweit spazieren zu gehen, ohne verheiratet zu sein, war auch verboten. Verliebt sein war ebenfalls verboten.

Viele Frauen verloren ihre Arbeit, weil bestimmte Tätigkeiten nur noch von Männern ausgeführt werden durften. Frauen durften sich nicht mehr schminken. Sie durften nicht mehr Fahrrad fahren und nicht rennen. Das Baden und Schwimmen in der Öffentlichkeit wurde allen verboten, viele Sportarten wurden untersagt. Es war überhaupt nichts mehr erlaubt. Stattdessen durften oder mussten die Menschen in ihrer Freizeit entweder beten oder öffentlichen Auspeitschungen oder Hinrichtungen beiwohnen. Überall war nur noch Schwermut und Trauer. Die Iraner zogen sich in ihr Zuhause zurück.

In der Schule gab es ebenso viele Verbote und Gebote zu beachten wie im Alltag. Hielten wir uns nicht daran, wurden wir geschlagen oder gedemütigt. Ausgerechnet die Religionslehrerin pflegte uns am härtesten zu bestrafen. Egal ob in der ersten Klasse oder in der fünften, die Religionslehrerinnen waren immer die Schlimmsten. Sie sahen sich als Hüterinnen des neuen iranischen Staates. Natürlich trugen sie stets die Maghna'e. Maghna'e sind große Kopftücher, unter denen eine Frau noch eine zusätzliche enge Haube aus Stretchstoff trägt. Die Haube bedeckte die Stirn bis zur Nasenwurzel, sodass die Haarsträhnen nicht mehr versehentlich herausrutschen konnten, was bei den lockeren Kopftüchern ständig passierte. Wir Kinder hassten die Maghna'e. Sie juckten und waren viel zu warm. Viel lieber wollten wir normale Kopftücher tragen. Die Religionslehrerin lobte jedes Mädchen, das so ein Maghna'e trug, und nötigte die anderen Schülerinnen, es ihnen gleichzutun, einmal mit Belohnungen, ein andermal mit Beschimpfungen.

Ich hatte diese alten, keifenden Religionslehrerinnen bald satt, denn sie fragten uns immerzu aus, ob wir jemanden wüssten, der etwas Verbotenes getan hatte, damit sie ihn bei den Pasdaran anzeigen konnten. Sie fragten uns sogar über unsere eigenen Eltern und Verwandten aus. Und wir mussten lügen. Bald log ich sehr oft und sehr gut. Denn unsere Eltern, Tanten, Onkel, Großeltern und Geschwister, eigentlich fast alle, taten tagtäglich viele verbotene Dinge, da alles verboten war. Täglich wurde ich von meinen Eltern angehalten, in der Schule nichts von zu Hause zu erzählen. Täglich wurden mir Lügen eingebläut, die ich meiner neugierigen Religionslehrerin auftischen musste, wenn sie mir Fragen stellte. Sie fragte oft, wann und wie unsere Eltern beteten. Dann beschrieb sie immer und immer wieder sehr genau, was die Menschen erwartete, die nicht beteten. Was sie sagte, war entsetzlich. Sie schilderte die islamische Hölle „Djehannam".

„Djehannam ist nicht nur die Hölle, sondern ein lebendiges Wesen, das atmet und immerzu Menschenopfer fordert. Ein Wesen, das vor sich selbst davonlaufen möchte, weil es das Schlechteste ist, was Gott erschaffen hat, hört ihr?", erläuterte sie dann mit sichtlichem Genuss. „Djehannam ist jener unglaublich tiefe und dunkle Feuerschlund, wo Ungläubige und Heuchler bis in alle Ewigkeit gefoltert werden, wo sie verbrennen und unermessliche Qualen erleiden, ohne zu sterben", führte sie weiter aus.

Keine der Schülerinnen regte sich, während wir alle sehr genau zuhörten.

„Es gibt kein Entkommen. Auch nicht durch Reue und Läuterung. Diejenigen, die nicht beten, die Gottlosen, sie werden nach dem Tode in die Hölle kommen und bis in alle Ewigkeit dort verharren. Erzählt das euren Eltern. Manche Erwachsene haben das nämlich vergessen, weil sie den Versuchungen der Spiel- und Spaßsucht erlegen sind."

Ich versuchte mir vorzustellen, wie lang eine Ewigkeit dauerte. Nachts konnte ich nicht mehr schlafen, und wenn ich endlich einschlief, träumte ich von der Hölle. In einem immer gleichen Traum sah ich, wie Djehannam mit seinen Feuerklauen nach meinen Eltern griff und sie in seinen finsteren Rachen stoßen wollte. Meine Eltern schrien und flehten ihn an. Aus dem dunklen Schlund hörte ich die Schreie vieler Menschen. Dann erwachte ich und musste lange weinen. Ich verriet meinen Eltern nichts von meinen Albträumen. Wenn ich ihnen von Djehannam erzählen wollte, gaben sie mir zur Antwort, ich sollte bloß nicht das glauben, was die Lehrerinnen in der Schule sagten.

Ich sah keinen anderen Ausweg, als selbst zu beten: „Lieber Gott, mach doch wenigstens bei meinen Eltern eine Ausnahme, bitte! Stecke sie bitte nicht in die Hölle! Diese Strafe ist zu grausam. Bitte! Ich verspreche dir, dass ich für meine Eltern beten werde. Ich werde jeden Tag fünfzehnmal beten. Fünfmal für mich und zehnmal für meine Eltern."

Ich wusste, dass ich nicht auch noch meine Tanten, Onkel und meinen Großvater retten konnte, weil ich Gottes Geduld nicht überstrapazieren durfte. Doch ich schaffte nicht einmal meine fünf eigenen Gebete.

Auch von den Wächtern träumte ich weiter. Sie waren die Kerkermeister meiner Albträume geworden.

Mit den Jahren gewöhnte ich mich an die Albträume und an die Gruselgeschichten über Djehannam. Unermesslich groß, wie eine gewaltige Welle ohne Anfang und Ende, wurde meine Wut aber dann, wenn die Lehrerinnen sich die Freiheit nahmen und mir mit ihren klauenartigen

Fingern über das Gesicht fuhren, um mein Kopftuch zurechtzuziehen oder um die paar Haare, die hervorlugten, wieder unter das Kopftuch zu stopfen. Diese Berührung ekelte mich so an, dass ich mich in der dritten Klasse freiwillig entschloss, das verhasste enge Maghna'e zu tragen.

Eines Tages, als ich von der Schule nach Hause kam, hörte ich, wie eine Frau in der Küche weinte. Ich traute mich nicht hinein und lauschte dem Gespräch hinter der angelehnten Tür. Es war Frau Scharify, die Nachbarin aus unserer Straße.

„Und der Brief kam einfach per Post?", fragte meine Mutter.

„Ja", sagte Frau Scharify. Sie schluchzte. Sie konnte kaum ein Wort hervorbringen.

Ich hörte ein Papier rascheln. Vorsichtig linste ich in die Küche hinein. Meine Mutter legte ein Blatt Papier auf den Küchentisch und nahm Frau Scharifys Hände in ihre. Frau Scharify saß herabgesunken auf ihrem Stuhl. Es sah aus, als ob ihr Kopf gleich die Tischplatte berühren würde. So tief war ihr Kopf gebeugt. Aber ihr Körper zitterte. „Sie haben meinen Sohn auf dem Gewissen. Er war doch noch ein junger Mann. Er hatte eine Verlobte und wollte bald heiraten. Warum musste er sterben? Warum?", fragte sie.

Meine Mutter antwortete nicht.

„Sie schreiben, dass sie mir zum Märtyrertod meines Sohnes gratulieren. Sie *gratulieren* mir. Diese herzlosen

Vampire. Die haben selbst keine Kinder. Sonst würden sie so etwas nicht schreiben."

Bald sahen wir im Fernsehen, wie in Teheran feierlich der Märtyrerfriedhof eröffnet wurde. Dort hatten die Architekten sich für die gefallenen iranischen Soldaten etwas ganz Besonderes einfallen lassen – einen großen mehrstöckigen Blutbrunnen, aus dem rot gefärbtes Wasser als Symbol für Blut sprudelte. Natürlich empörten sich meine Eltern und Verwandten darüber. Sie waren fassungslos und wütend. Und selbstverständlich ermahnten sie uns, in der Schule nichts davon zu erwähnen, wie sie sich zu Hause zu dem Brunnen und zu den unsäglichen Beileidsschreiben äußerten.

Eines Tages sah ich, wie meine Mutter Kissen und Decken in den Keller trug. „Mama, warum bringst du das in den Keller?", fragte ich.

„Weißt du, es kann sein, dass wir die Sachen dort unten mal brauchen", antwortete sie.

„Heißt das, dass wir im Keller übernachten wollen?", fragte ich ungläubig. Ich wunderte mich sehr über diese Idee. Ich mochte unseren Keller überhaupt nicht. Dort war es immer zu dunkel, und in den Ecken hingen überall dicke Spinnweben. Höchstens die Handwerker oder mein Vater stiegen gelegentlich in den Keller herab.

„Na ja, vielleicht müssen wir wirklich einmal da unten übernachten. Deshalb möchte ich den Keller jetzt gründlich aufräumen und gemütlich einrichten. Ich hab auch schon Teppiche reingelegt", sagte meine Mutter.

Ich ging in den Keller. Meine Mutter war wieder nach oben gelaufen, um weitere Sachen zu holen. Im Keller lag jetzt ein Teppich. Dort stand ein Radio, und daneben befanden sich viele Batteriepackungen. Außerdem hatte meine Mutter einen Karton hingestellt mit Taschenlampen, Kerzen und Streichhölzern. Am Rand hatte sie viele Wasserflaschen und Konservendosen aufeinandergestapelt. Ich sah mir alles ganz genau an.

Meine Mutter kam zurück mit mehr Bettdecken und großen Tüten.

„Mama, warum sollen wir denn im Keller übernachten? Hier ist es doch gar nicht gemütlich", meinte ich.

„Wieso? Das sieht doch gemütlich aus. Glaub mir, es macht richtig Spaß, hier zu übernachten", antwortete sie.

Ich gab keine Ruhe: „Aber Mama, warum sollen wir denn bloß im Keller übernachten?"

„Es ist möglich, dass wir uns im Keller verstecken müssen. Weißt du, der Irak hat in Teheran Bomben abgeworfen. Der Großmutter ist glücklicherweise nichts passiert. Es kann aber sein, dass die irakischen Flugzeuge auch zu uns nach Isfahan kommen, und dann werden wir durch ganz laute Alarmsirenen gewarnt. Die heulen dann los, und alle wissen Bescheid, dass sie sich in ihren Kellern verstecken müssen."

„Aber was tun die Menschen, die keinen Keller haben?", fragte ich. Ich war starr vor Schreck, und meine Augen hatten sich mit Tränen gefüllt. Ich hatte Angst, dass gleich ein irakisches Flugzeug angeflogen kommen und Bomben auf uns werfen würde.

Meine Mutter legte die Sachen beiseite und beruhigte mich: „Hab keine Angst! Die, die keinen Keller haben, gehen zu Leuten, die einen besitzen."

„Kommt Pari dann zu uns, wenn die Bomben auf uns fallen?" Ich meinte unsere Kinderfrau, die schon immer bei uns gearbeitet hatte. Pari hatte seit meiner Geburt auf mich aufgepasst. Ich wusste, dass sie nicht reich war und nicht in einem schönen Haus mit Keller wohnte.

„Pari läuft dann schnell zu Nachbarn, die einen Keller haben", antwortete meine Mutter.

Doch das alles ließ mir keine Ruhe. „Und was ist mit meinen Katzen? Können wir die mitnehmen? Du erlaubst doch nie, dass sie ins Haus kommen. Gilt das bei Bomben auch?"

„Nein, bei Bomben gibt es kein Verbot für die Katzen. Dann dürfen sie mit uns in den Keller kommen."

„Aber wie soll ich das anstellen? Ich kann doch nicht alle Katzen gleichzeitig in den Keller tragen."

Ich hatte sehr viele Katzen. Sie waren keine Haustiere. Sie waren Streuner, die im Freien lebten und wussten, dass sie bei mir keiner Gefahr ausgesetzt waren. Immer, wenn sie sich ausruhen wollten, kamen sie zu mir in unseren Garten.

Meine Mutter sagte: „Die Katzen sind doch so schlau. Sie laufen von selbst rechtzeitig in den Keller."

So war ich beruhigt und hatte schon gar keine Angst mehr vor den Flugzeugen mit den Bomben.

Von nun an belauschte ich immer häufiger die Erwachsenen bei ihren Unterhaltungen, vor allem dann, wenn sie flüsterten. Ich hörte von Cousins und Nachbarskindern, die im Krieg gefallen waren.

Einmal lag ich abends mit dem Kopf auf dem Schoß meiner Mutter und hatte so getan, als ob ich schliefe. Meine Eltern saßen im Schneidersitz auf dem Boden und spielten Karten.

„Du glaubst nicht, was ich heute in der Praxis erfahren hab. Sie haben ein neues Gesetz verabschiedet, wonach die Jungs ab zwölf Jahren nicht mehr das Einverständnis ihrer Eltern brauchen, wenn sie in den Krieg ziehen wollen", sagte mein Vater.

„Ab zwölf?", fragte meine Mutter. „Das sind noch Kinder. Die wissen doch gar nicht, was Krieg ist", sagte meine Mutter.

„Ja, zuerst haben sie es mit Eseln versucht. Sie haben Esel aufs Schlachtfeld geschickt, damit sie die Minen sprengen. Aber nachdem ein paar Esel in die Luft gesprengt worden sind, haben sich die anderen nicht mehr vom Fleck gerührt. Und jeder weiß, wie schwierig es ist, einen Esel in Bewegung zu setzen, wenn er nicht will. Und jetzt versuchen sie es mit unseren Söhnen. Die kann man ja begeistern. Letzte Woche hat der Rektor der Schule bei mir angerufen und mich einbestellt. Er hat sich empört, dass unsere Söhne nicht bei den Treffen der Bassidschi dabei sind", sagte mein Vater.

„Ach, ich dachte, die Treffen sind freiwillig", sagte meine Mutter.

Mein Vater lachte verächtlich. „Freiwillig! Von wegen. Wer nicht hingeht, wird ausgelacht, zum Rektor bestellt und geschlagen", sagte er.

„Was tun wir, wenn unser Großer auch in den Krieg will?", fragte meine Mutter.

Ich hielt die Augen geschlossen. Von den Bassidschi hatte ich auch schon gehört. Mein Bruder erzählte zu Hause von dem, was in seiner Schule passierte. Auf dem Schulhof, sagte er, wurden in einer langen Reihe Waffen aufgestellt, und zwangsläufig musste jeder Schüler zweimal täglich daran vorbeilaufen. Die meisten Jungen waren von den Waffen fasziniert. Zusätzlich machten Lehrer, Trainer und andere ihnen die Jungentreffen der Bassidschi schmackhaft. Dort würden sie, wenn sie Mitglieder wären, die schönsten Dinge erleben – Freizeiten, Wochenendlager und eine kostenlose Waffenausbildung. Sehr viele Jungen wollten daraufhin in den Krieg ziehen. Das Militär war befugt, sie abzuholen und zur Grenze an die Front zu bringen, ohne die Eltern davon in Kenntnis zu setzen.

Ich hörte, wie meine Mutter ihre Karten auf den Boden warf.

„Du weißt doch, wie begeistert seine Freunde von Waffen sind. Sie erzählen ja von nichts anderem mehr", sagte meine Mutter.

„Ja, ich weiß. Ich hab was überlegt. Ich werd ihn morgen nach der Schule ins Krankenhaus mitnehmen und ihm die Kriegsverletzten zeigen. So begreift er vielleicht, was Krieg wirklich bedeutet. Und dass es kein Spiel ist, wie die Bassidschi es ihnen vorgaukeln. Wir haben zurzeit einen, dem ist das ganze Gesicht weggeschossen worden", sagte mein Vater.

„Das ist schrecklich. Jetzt muss er sich so etwas ansehen. Aber ich hab auch keine bessere Idee. Das musst du tun. Gleich morgen", sagte sie.

Ich erschrak. Mein großer Bruder tat mir leid. Ich stöhnte, als ob ich schlecht träumte.

„Ach, die Kleine schläft ja noch hier", sagte meine Mutter. „Trag sie doch bitte ins Bett."

Mein Vater hob mich auf und trug mich in mein Bett. Ich war froh. Das war das Schönste auf der Welt für mich. So fühlte ich mich sicher und geborgen.

Der Krieg blieb Realität. Nunmehr verheimlichten die Erwachsenen nichts mehr vor uns Kindern.

Jeder Junge im Alter von zwölf bis siebzehn Jahren sollte nachmittags nach der Schule an einer mehrwöchigen kostenlosen Ausbildung der Bassidschi teilnehmen. Die Jungen lernten dort nicht zu kämpfen. Vielmehr begeisterte man sie für Waffen, indem man sie mit echten Gewehren schießen ließ. Die Waffe in der Hand gab ihnen Macht. Sie fühlten sich wie Männer. Bei den Gruppenfreizeiten verbrachten sie unvergesslich schöne Tage, und sie hatten Geheimnisse, die sie ihren Eltern und Schwestern nicht verrieten. Die Ausbilder erklärten ihnen, warum der Krieg für den Islam so wichtig sei. Sie zeigten ihnen Filme über ihre Feinde – die Sunniten, die irakischen Muslime. Sie hämmerten ihnen ein, dass es eine Ehre sei, für die iranischen Muslime – die Schiiten – im Krieg zu sterben. Und wenn sie im Krieg fielen, dann kämen sie sofort in den Himmel. Die Metallplakette um ihren Hals sei der Schlüssel zum Himmel. Am Ende der Ausbildung erhielten die Jungen ein blutrotes Stirnband. Wer den Krieg drei Monate lang überlebe, der dürfe nach Hause zurückkehren und solle nicht traurig sein, dass er nicht in den Himmel gekommen sei. Gott habe ihn für eine andere Aufgabe auserwählt.

Die Klagen der Mütter, deren Söhne als Kindersoldaten an der Front gefallen waren, wurden von Tag zu Tag lauter und raubten uns den Schlaf. Diese Mütter erhielten das gleiche Schreiben wie die Mütter der getöteten erwachsenen Soldaten. Darin bedankte sich die islamische Republik für das Opfer, das die Familie gebracht hatte. In den Schreiben wurde ihnen nicht das Beileid ausgesprochen. Sie fingen immer mit dem Satz an: „Wir gratulieren Ihnen zum Märtyrertod Ihres Sohnes!“ Meistens erhielten sie zusammen mit dem Brief das Metallkettchen, das ihr Kind im Kampf bis zuletzt bei sich getragen hatte. Die Metallplakette an der Kette trug eine Nummer, damit man die Toten identifizieren konnte.

Die Kinder starben, weil sie dafür eingesetzt wurden, über die Minenfelder zu gehen und die im Boden versteckten Minen mit ihren Körpern zur Explosion zu bringen. Die blutroten Stirnbänder um den Kopf gebunden, liefen sie mit Begeisterung zu Hunderten, Hand in Hand, los und räumten die Felder frei, indem sie auf Minen traten und sich in die Luft sprengten. Die irakischen Soldaten wollten nicht auf Kinder schießen und mussten mit ansehen, wie die Jungen starben. Wenn die Minen gesprengt und die irakischen Soldaten zermürbt waren, wurden die wenigen gut ausgebildeten iranischen Soldaten in den Kampf geschickt.

Die meisten Bassidschi-Jungen hielten sich für etwas Besonderes, und die Ausbilder wussten sie so sehr für den Krieg zu begeistern, dass sie es kaum erwarten konnten, in den Kampf zu ziehen. Auch einige meiner Cousins und Verwandten zogen eines Tages mit ihren roten Stirnbändern in den Krieg.

Die Erwachsenen sprachen von „Gehirnwäsche". Ich stellte mir die schlimmsten Dinge darunter vor. Es war mir ein Rätsel, warum die Jungs sich freiwillig das Gehirn waschen ließen. Ich dachte, das müsste doch wehtun. Viele dieser Jungs blieben auf den Schlachtfeldern. Doch auch die, die aus dem Krieg zurückkehrten, hatten ein trauriges Schicksal. Sie sahen zwar noch aus wie diejenigen, die wir liebten, aber sie waren nicht mehr die, die wir vorher gekannt hatten. Es war, als wäre ein Fremder in ihren Körper geschlüpft. Sie lachten nicht mehr und hatten Bilder im Kopf, die sie nicht vergessen konnten. Manche meiner geliebten Verwandten gehörten zu ihnen. Es war so, als ob man sie mir weggenommen hätte. Als ob sie im Krieg gefallen wären.

Der jüngere meiner beiden großen Brüder war glücklicherweise noch nicht zwölf Jahre alt. Der ältere war so klug, dass er sich von den wunderbaren Geschichten seiner Klassenkameraden, die ihre Nachmittage in den Ausbildungskursen der Bassidschi verbrachten, nicht anstecken ließ. Er wollte keine Waffen in die Hand nehmen und schon gar nicht damit schießen. Er wollte kein blutrotes Stirnband, und er wollte nicht an den Ferienfreizeiten der Bassidschi teilnehmen. Er wollte nicht in den Krieg. Kurzum, er war nicht normal. Er war ein Außenseiter und Spielverderber. Ein Träumer.

Bei unseren Urlaubsreisen ans Kaspische Meer stürzte mein älterer Bruder sich nicht, wie die anderen Kinder, in die Fluten. Stattdessen stand er am Meer und stellte sich vor, wie die Länder hinter dem Horizont wohl aussähen. Er träumte davon, wie es wohl wäre, wenn er einer dieser Fische oder ein Zugvogel wäre und so alles hinter sich lassen und für immer fliehen könnte. Ans andere Ende des Kaspischen Meeres. „In den Westen!“, sagte er.

„Ach, Junge, da drüben sind doch nur die Kommunisten. Das ist nicht der Westen.“ Doch die Erklärungen unseres Vaters erreichten ihn nicht. Er wollte einfach nur weg. Er wollte in den Westen.

Mit dieser Sehnsucht trieb er sich in Isfahan auf dem Schwarzmarkt herum, wo es verbotene Dinge aus dem Westen zu kaufen gab. Er kaufte Postkarten mit Fotos westlicher Stars und Schauspieler. Ganz besonders liebte er den Popstar Michael Jackson. Die Tortur in der Schule hielt mein Bruder im Grunde nur deshalb aus, weil er wusste, dass zu Hause Michael Jackson auf ihn wartete. Er schaffte es, die ganze Familie mit dem Michael-Jackson-Fieber und seinem Traum „vom Westen“ anzustecken.

Zu seinem vierzehnten Geburtstag wünschte er sich ein Video von Michael Jackson.

„Mama, ich wünsche mir nichts mehr als diese Videokassette. Said, mein bester Freund, der hat erzählt, dass Michael Jackson wie ein Überirdischer tanzt. Bitte, ich möchte das Video. Sonst nichts“, sagte er.

„Aber du weißt doch, dass es verboten ist. Es ist zu gefährlich, wenn wir das Video zu Hause besitzen. Letzte Woche haben die Wächter die Wohnung deines Onkels durchsucht. Zum Glück haben sie nichts gefunden. Was glaubst du, was uns blüht, wenn sie so ein Video bei uns entdecken? Dann muss dein Vater ins Gefängnis.“

„Aber Said hat doch auch das Video. Es passiert schon nichts. Ich weiß auch ein Superversteck. Die Wächter werden es nicht entdecken. Ich verspreche es. Bitte, ich wünsch es mir so sehr.“

„Du hast doch schon so viel von Michael Jackson. T-Shirts, Musikkassetten, Poster. Das reicht doch“, meinte unsere Mutter.

„Aber ich will mir seinen Tanz ansehen und ihn lernen. Das geht nur mit einem Video. Außerdem hab ich die anderen Sachen alle von meinem eigenen Taschengeld auf dem Schwarzmarkt erstanden. Du hast mir noch nie was von Michael Jackson gekauft."

„Also gut, ich rede mit deinem Vater. Er kann Herrn Ghadimi fragen. Der kann uns das Video vielleicht besorgen. Wenn es nicht klappt, musst du dir was anderes wünschen", sagte sie.

Mein Bruder klatschte in die Hände. „Hurra! Danke."

Ich freute mich. Mein großer Bruder hatte uns schon so viel von Michael Jackson erzählt. Als er zum ersten Mal eine Kassette gekauft hatte, hatte er gleich am Abend seinen Kassettenrekorder geholt und der ganzen Familie die Musik vorgespielt. Die Eltern waren verblüfft gewesen. Unser Vater fragte: „Ist das wirklich ein Mann? Der klingt ja wie eine Frau."

Mein Bruder hatte geantwortet: „Das ist ja das Unglaubliche. Er hat eine Stimme wie ein Engel. Und seine Musik ist so toll."

Nun konnte ich es kaum erwarten, Michael Jackson auch zu sehen. Ob er wohl Kleider trägt, fragte ich mich.

Dann kam der Geburtstag. Unter den Geschenken befand sich ein Päckchen, das genau die Größe einer Videokassette hatte. Mein Bruder packte es als erstes aus, und es war das, was er sich so sehr gewünscht hatte. Er jubelte, und alle klatschten und sangen ihm das Geburtstagslied.

Als sich alle Verwandten und Freunde endlich verabschiedet hatten, konnten wir uns das Video anschauen.

Mein Bruder schob es in den Videorekorder. Die Musik ging los. Es fing an mit einem Schlagzeug, und immer mehr Instrumente kamen hinzu. Michael Jackson war ein Schwarzer. Er trug einen schwarzen Anzug aus glänzendem Stoff, ein weißes Hemd und eine rote Fliege. Das Beste aber waren seine Schuhe. Sie glänzten in ihrem weißen Lack. Und alles, was er berührte, begann zu leuchten. Die Steinplatten auf dem Boden, die Straßenlaternen oder ein Mülleimer. Ein Bösewicht verfolgte ihn durch die Straßen und wollte ihn angreifen. Aber Michael Jackson verschwand plötzlich. Er lief nicht weg vor dem Bösewicht, sondern tanzte und sang. Ich verliebte mich in ihn. Sein Tanz war überirdisch. Mein Bruder hatte recht gehabt.

Von jenem Tag an verfolgte ich alles, was mein Bruder tat. Er übte in jeder freien Minute den Tanz und beherrschte ihn schon bald richtig gut. Er kaufte sich verbotene enge Jeans und sah wirklich aus wie Michael Jackson.

Er tanzte bei jeder Gelegenheit. Wenn uns jemand besuchte oder auf Hochzeiten. So entführte er uns alle für eine kurze Weile in eine andere Welt, in seinen Westen. Die ganze Familie war davon begeistert. Auch wir, die drei jüngeren Geschwister, lernten von unserem großen Bruder die Tanzschritte von den verbotenen Videos. Bald musste jeder, der uns besuchte, eine Tanzshow der Zaeri-Geschwister über sich ergehen lassen. So verbrachten wir viele fröhliche Nachmittage und Abende.

Doch in der Schule wurde mein Bruder tagtäglich durch körperliche und seelische Demütigungen aus seiner

Welt herausgerissen, und draußen wartete der Krieg auf ihn. Eines Tages beschloss sein einziger Freund, sich freiwillig zum Militär zu melden, damit er später eine Zulassung zur Uni erhielt, seinen Traum verwirklichen und Arzt werden konnte. Als mein Bruder ihn anflehte, es nicht zu tun, hatte er nur gesagt: „Zaeri, wie lange willst du noch träumen? Wach endlich auf!"

Da begann mein Bruder zu weinen. Er weinte oft. Er weinte, wenn er aufstand und wenn er schlafen ging. Und es passierte etwas für uns kleine Geschwister Ungeheuerliches. Er hängte seine verbotenen engen Jackson-Jeans in den Schrank und sprach nicht mehr vom Westen. Michael Jackson verließ unser Haus. Und mit ihm Rocky Balboa, Bruce Lee, Modern Talking, Dschinghis Khan, Al Bano und Romina Power.

Nebel legte sich auf unseren Alltag. Unser großer Bruder wurde immer dicker und stiller.

Schließlich wurde ein weiteres Gesetz erlassen. Es erlegte allen jungen Männern im Alter ab fünfzehn Jahren ein absolutes Ausreiseverbot auf, da sie als Reservisten für den Kriegseinsatz gebraucht würden. Mein Bruder war vierzehn Jahre alt. Für meine Eltern gab es nun keinen Zweifel mehr. Die einzige Möglichkeit, wie mein Bruder die Diktatur und den Krieg überleben könnte, war die Flucht. Viele Familien hatten ihre Söhne schon aus Iran fortgeschickt. In die Türkei oder nach Europa. Doch diese Flucht dauerte viele Tage und Wochen und war lebensgefährlich. Bei eisigen Temperaturen mussten sich die Jungen über die Berge in die Türkei durchschlagen und ohne Papiere und rechtlos verschiedene europäische Länder durchqueren. Ihre Eltern mussten sie fremden Männern anvertrauen, die selten vertrauenswürdig aussahen. Ich weiß noch, wie zwei meiner Cousins auf diesem Wege aus dem Land gebracht wurden. Nach vielen für uns unerträglich angstvollen Tagen kam der Anruf des Fluchthelfers aus der Türkei.

Meine Tante hob den Hörer ab, so wie sie es in den letzten Tagen immer getan hatte. Gehetzt und in panischer Angst. Niemals klingelte das Telefon öfter als einmal. Sie sprach nicht in den Hörer. Sie schrie hinein: „Hallo?", und wir sahen, wie ihr Gesicht bleicher als die gekalkte Mauer hinter ihr wurde, nur um Sekunden später wie eine Pfirsichblüte aufzublühen.

„Der Zucker ist angekommen? Gott sei Dank. Gott sei Dank. Ich danke Ihnen. Danke."

Dies war das Codewort, das sie zuvor mit dem Fluchthelfer vereinbart hatte. Das Codewort dafür, dass die Jungen die Flucht, die tödliche Kälte in den Bergen und die mörderischen Waffen der Grenzsoldaten überlebt hatten.

Genau das wollten meine Eltern nicht durchmachen müssen. Für sie stand es außer Frage, dass wir alle zusammen außer Landes gingen. Mein Vater versammelte uns und gab seine Entscheidung bekannt. Er erklärte uns Kindern, dass alles sich ändern würde. Er sagte: „Fest steht nur, dass wir Iran verlassen werden. Wir werden in die Türkei reisen. Was danach kommt, weiß niemand. Wir müssen alles aufgeben. Wir werden nicht mehr reich sein. Wir werden vielleicht sogar in Armut leben. Nichts wird mehr so sein wie bisher. Wollt ihr das?“

Zunächst herrschte ernste Stille.

Doch dann hörten wir schon die helle Stimme meines älteren Bruders. Sie überschlug sich, jeder Buchstabe schien den folgenden überholen zu wollen: „Ja! Ich will das. Ich will. Ich werde alles ertragen. Ich will!“ Wir anderen Geschwister stimmten mit ein. Ich hatte keine Vorstellung davon, was diese Entscheidung bedeutete. Ich jubelte nur, weil mein großer Bruder jubelte. Es war wunderbar zu sehen, wie er gelöst und aus tiefstem Herzen lachte und wie seine schönen dunklen Augen leuchteten.

Doch alle Familienmitglieder, jeder Einzelne für sich, zahlten für diese Entscheidung einen hohen Preis. Ich musste nicht lange auf meine „Rechnung“ warten. Mir wurde klar, dass ich meine Katzen nicht mitnehmen konnte. Ich wusste selbst nicht, wie viele es waren. Ihre Zahl schwankte zwischen zwanzig und dreißig. Ich hatte jeder von ihnen einen Namen gegeben. Und ich kannte den Charakter jeder einzelnen Katze. Ich liebte sie alle, mit all ihren Extravaganzen, Ängsten und ihrem Charme. Von keiner hätte ich mich jemals trennen können.

In unserer Gasse war ich bekannt als die „Katzenmama". Das kam durch ein Ereignis, von dem die Nachbarn noch immer sprachen.

Eines Tages hatte ich ein schreckliches Miauen von der Straße her gehört, und ich hatte gewusst, dass es meine Lieblingskatze „Großmütterchen" war. Wir hatten sie so genannt, weil sie die älteste Katze von allen war. Ich rannte aus dem Tor des Hauses auf die Straße und erblickte den Nachbarsjungen Ali. Er hielt Großmütterchen am Schwanz gepackt und wirbelte sie durch die Luft. Für einen Augenblick vergaß ich alles um mich herum. Dann rannte ich mit blitzenden, wütenden Augen auf Ali zu, den großen Nachbarsjungen. Ali war der schlimmste und gefürchtetste unter allen Jungen in unserer Straße. Sogar meine Brüder hielten sich von ihm fern. Manche sagten, Ali sei verrückt, weil sein Vater ihn mit dem Gürtel schlage.

Ich fand ihn einfach schrecklich. Und ich fürchtete mich sehr vor ihm, da ich gesehen hatte, wie gefühllos und brutal er war. Seine Mutter war Teppichknüpferin. Sie arbeitete den ganzen Tag ungemein hart. Und sie kam nie aus dem Haus. Wenn ich manchmal über die Gartenmauer kletterte und sie heimlich in ihrem Garten beobachtete, sah ich sie immer nur gänzlich in Schwarz verschleiert. Sie war von oben bis unten verschleiert.

Meine Eltern hatten mich gewarnt: „Hör zu, halt dich fern von diesen Leuten. Auch von den Eltern. Bei der Familie stimmt etwas nicht."

Doch an jenem Tag, als Großmütterchen schrie, schoss ich alle Warnungen und alle Ängste in den Wind. Es ging schließlich um Großmütterchens Leben. Ali hatte schon andere Tiere getötet. Das wusste ich.

Also schrie ich und rannte weiter, als ginge es um mein eigenes Leben. Ich war so wütend, dass ich von dem Gefühl durchdrungen war, ich hätte Krallen und würde sie in diesem Augenblick ausfahren.

Ali lachte, solange er mich noch nicht bemerkt hatte. Er war im Begriff, Großmütterchen am Schwanz gegen einen Baumstamm zu schleudern. Jäh unterbrach er sich und durchbohrte mich mit seinem bösen Blick. Mir war, als ob er meine Krallen sehen könnte. Aber sie beeindruckten ihn kein bisschen.

„Na, du Zwerg? Hältst dich wohl für Superman, was? Du hast deinen blöden Umhang vergessen!" Ali lachte wie ein Verrückter.

Ich blieb stehen. „Du gemeiner Kerl! Lass meine Katze los, oder ich beiße dich!", wollte ich rufen. Aber vor Wut hatte ich einen Kloß im Hals und bekam kein Wort heraus. Das kannte ich schon. Immer, wenn ich wütend war, konnte ich nicht mehr sprechen. Über diesen Kloß ärgerte ich mich maßlos. Mir flossen die Tränen wie Wasserfälle über die Wangen. Ich weinte, schluchzte und lallte irgendetwas.

Ali grinste. „Schau genau her, du Heulsuse! Diesem Stinktier schlägt jetzt die letzte Stunde."

Sein Grinsen wurde breiter. Er hielt die Katze noch

immer am Schwanz. Die Katze wand sich hin und her und miaute zum Herzerweichen. Er hob den Arm und schleuderte die Katze wieder hoch durch die Luft. Mein wütendes Geschrei und das klägliche Heulen der Katze wurden lauter und gingen ineinander über. Und in dem Moment klatschte es.

„Du Hundesohn! Bist du so feige, dass du Schwächere quälen musst?“ Ein Erwachsener hatte Ali so fest auf den Hinterkopf geschlagen, dass er die Katze losließ. Die Katze stob davon.

Ich seufzte tief auf. Hinter den säulenartigen Beinen des Erwachsenen erblickte ich den jüngeren meiner Brüder. Er wollte mir zulächeln, aber der Schreck saß ihm noch zu tief in den Gliedern. Er hatte wohl das ganze Geschehen beobachtet und einen Erwachsenen von der großen Straße um die Ecke zu Hilfe geholt.

Von diesem Tage an waren wir beide die „Katzenpolizei“. Jedes Mal, wenn eine Katze Junge geworfen hatte oder Katzen in Gefahr waren, wurden wir von den Nachbarn telefonisch alarmiert, und die „Katzenpolizei“ rückte aus. Ich traute mich nur deshalb gegen die großen Jungs aus der Nachbarschaft anzutreten und für das Recht der Katzen zu sprechen, weil ich meinen Bruder an meiner Seite wusste.

Am Einsatzort angelangt nahmen wir verletzte Katzen oder auch frisch geborene Katzenjunge und ihre Mutter, die niemand haben wollte, in einem Karton mit zu uns und gaben ihnen in unserem großen Hof und Garten ein neues Zuhause. Kätzchen, die von ihrer Mutter verstoßen worden waren, wurden von meiner Mutter mit einem Löffelchen voll Milch aufgezogen. Einmal ließen wir sogar unsere uralte Katzenoma, die Urmutter all unserer Katzen, die für meine ganze Familie etwas ganz Besonderes war, von einem verdutzten Tierarzt behandeln, der es normalerweise nur mit Großvieh von Bauernhöfen zu tun hatte.

Angesichts der großen Armut und der Schreckensmeldungen, die die Menschen täglich von der Kriegsfront erreichten, kümmerte sich in Iran kaum jemand um Kleinvieh. Doch ich passte wie eine Löwin auf, dass kein Nachbarsjunge den armen Tieren etwas zuleide tat. Daher fragte ich mich nun mit gutem Grund, wer die Tiere in Zukunft vor den Gewalttaten der Kinder bewahren sollte. Wenn ich fortginge, würden die Jungs die Katzen misshandeln, wie sie wollten. Das zerriss mir das Herz. Mir war klar, dass es von jetzt an keine Katzenpolizei mehr geben würde.

Doch bald merkte ich, dass ein Abschied für immer noch viel Schlimmeres barg. Denn es handelte sich nicht um eine Ausreise, sondern um eine Flucht. Die Flucht musste heimlich und schnell vonstattengehen. An meinem letzten Schultag mitten im Schuljahr in der fünften Klasse, an dem niemand außer mir wusste, dass er mein letzter war, bat ich meine Freundinnen, mir jeweils einen lieben Satz auf einen kleinen Zettel zu schreiben. Aber ich verabschiedete mich nicht von ihnen. Auch meine Klassenlehrerin wusste nichts davon. Die Nachbarn ahnten etwas, aber nie wurde ein Wort des Abschieds ausgesprochen. Für sehr wenig Geld verkauften wir unser großes Haus mit dem gesamten Inhalt, der Einrichtung, den Teppichen, den Möbeln, dem großen Wintergarten mit zig Pflanzen, den Betten und Tischen und allen unseren Spielsachen und Büchern. Die neuen Besitzer waren eine Familie vom Lande. Sie sprachen ein Persisch, wie es nur Bauern sprachen. Vor unseren Augen übernahmen sie alles, und mit zwei Koffern verließen wir für immer das Haus.

In die Koffer hatten meine Eltern neben dem Allernötigsten etliche Erinnerungsstücke gepackt, vor allem unsere Fotoalben und ein paar meiner liebsten Kinderbücher aus meiner geliebten Büchersammlung. Alle diese Dinge mussten zuvor eine strenge behördliche Prüfung durchlaufen. Der Beamte hatte sich alles ganz genau angeschaut. Er hatte in den Tagebüchern und Fotoalben geblättert, und auf jedes Stück, das er für untadelig und islamisch gehalten hatte und das daher seiner Meinung nach das Land verlassen durfte, einen Stempel gesetzt. Nur Gegenstände mit einem Stempel durften außer Landes gebracht werden. Das galt selbst für eine Urlaubsreise, wie wir sie vorgeschützt hatten. Es war eine äußerst langwierige, teure und erniedrigende Prozedur. Von so manchem geliebten Gegenstand mussten wir uns trennen, weil der Beamte seinen Stempel nicht daraufgesetzt hatte.

Die letzte Nacht verbrachten wir bei meiner Lieblingstante. Abschied lag in der Luft. Niemand schlief in jener Nacht. Die Erwachsenen unterhielten sich die ganze

Nacht hindurch, als ob ihnen eingefallen wäre, dass sie sich noch zu viel zu sagen hatten. Die älteren Cousins waren alle entweder bereits geflüchtet oder im Krieg. Wir übrigen Kinder lagen alle zusammen in einem Zimmer auf einem großen Matratzenlager, und unsere Großmutter erzählte uns mit ihrer warmen und für mich auf dieser Welt einmaligen Stimme die Märchen, die sie uns schon Tausende Male erzählt hatte und die wir immer noch hören wollten. Sie roch nach Lavendel und schwarzem Tee. Nach Zucker, Kardamom, Zimt und Safran. Ich tauchte in diesen Geruch ein und hielt mich mit meinen kleinen Händen darin fest.

In der Morgendämmerung fuhren wir zum Busbahnhof von Isfahan. Von dort aus sollten wir unsere vorgebliche Urlaubsreise in die Türkei antreten. Der letzte Abschied war bitter und voll Tränen. Die letzten Worte meiner Großmutter schälten sich widerwillig aus den Tränen heraus: „Sei nicht traurig. Ihr fahrt nicht für immer weg. Wir werden uns bestimmt bald wiedersehen. Und alles wird wieder wie vorher." Sie gab mir einen Kuss und stieg aus.

In diesem Moment starb ich ein bisschen. Drei Tage und zwei Nächte dauerte unsere Ausreise mit dem Reisebus von Isfahan nach Istanbul. Drei Tage und zwei Nächte lang dauerte mein kleines Sterben.

TEIL ZWEI

TÜRKEI

ISTANBUL

Das Marmarameer, das die Türken „Marmara denizi" nennen, hat seinen Namen von einer Insel in seiner Mitte, bekannt für ihren kostbaren weißen Marmor. Aus der Luft betrachtet sieht das Marmarameer aus wie ein Krokodil, das eine Antenne auf dem Kopf trägt. Die Antenne ist in Wahrheit eine Meerenge, von den Griechen „Bosporus" genannt. In dieser Meerenge fließt die obere Schicht des Wassers in eine Richtung, die untere aber in die andere. Schweinswale schwimmen hier neben den Schiffen der Menschen zwischen dem Schwarzen Meer und dem Marmarameer hin und her. An der Meerenge sind die zwei Kontinente Europa und Asien so nah beieinander wie keine zwei anderen Kontinente sonst und dennoch für Flüchtlinge so weit voneinander entfernt wie kaum zwei andere Kontinente auf dieser Erde.

Am Bosporus liegt auch Aksaray, ein kleiner Stadtteil Istanbuls. Viele Tränen fallen dort jeden Tag ins Wasser. Denn das Viertel ist kein Ort, an dem man wohnen möchte. Und schon gar kein Viertel, in dem Eltern mit ihren Kindern leben wollen. Dieses Viertel ist Istanbuls Hauptumschlagplatz für Drogenhandel und Prostitution. Als ich zehn Jahre alt war, bezogen wir hier als mittellose illegale Flüchtlinge eine Wohnung. Hier lebten wir mit vielen anderen Flüchtlingen und verarmten Türken. Mich störte dieses Elend nicht, obwohl wir in Iran sehr reich gewesen waren und in einem weitläufigen Haus mit Garten und Swimmingpool gewohnt hatten. Obwohl wir Bedienstete gehabt hatten und nie auf irgendetwas verzichten mussten.

Für mich, die ich bis dahin behütet und abgeschottet in einer Welt der Privilegierten aufgewachsen war, war es ein Abenteuer, dass ich in diese neue Welt eintrat, in der ich mich viel freier bewegen konnte als in Iran.

Zu der neuen Welt gehörte auch unsere heruntergekommene, schmutzige Wohnung. Sie war voller Ratten und anderer weicher, behaarter Tiere und Insekten, die nachts über unsere Gesichter krochen.

Uns Kinder hinderte das nicht daran, dass wir von unserem neuen Leben vollkommen fasziniert waren. Wir waren neugierig, was wohl als Nächstes passieren würde. Ich sah, dass mein großer Bruder glücklich war und dass er wieder lachte. Und ich dachte, wenn er glücklich ist, dann kann an unserem neuen Leben nichts Falsches sein. Manchmal erkundeten wir ohne unsere Eltern den Hafen in der Nähe. Dort betrachteten wir die uns so fremden Möwen und das trübe, schmierige Wasser, in dem dicht bei dicht der Müll trieb. Wir wunderten uns über die vielen Angler, die in Reih und Glied am Ufer standen und in diesem Wasser fischten. Und trotzdem war alles so herrlich. Wir Kinder fühlten uns wie im Paradies. Hier hatte ich meine Brüder bei mir und konnte mit ihnen die Welt erkunden. Denn wir unterlagen nicht der Schulpflicht, wurde uns doch nicht das Recht zugestanden, eine Schule zu besuchen. Meine kleine Welt, die in Iran aus unserem Haus und unserem Garten mit den Katzen, aus der Schule und den Besuchen bei der Verwandtschaft bestanden hatte, war mit einem Schlag um ein Vielfaches größer geworden.

Ich ließ meine Haare wieder wachsen und trug sie offen. Es erstaunte mich, dass die Frauen in Istanbul selbst entscheiden konnten, in welcher Aufmachung sie sich auf der Straße zeigten. Manche Frauen trugen Maghna'e, die engen Kopftücher, die ich so sehr gehasst hatte. Andere wiederum trugen sehr kurze Röcke oder kunstvolle Frisuren. Manche Frauen waren sehr stark geschminkt. Meine Mutter entschied sich in den ersten Monaten für ein leichtes Kopftuch: „Weißt du, es ist schwer, so ein Kopftuch plötzlich abzulegen, weil du dir dann irgendwie nackt vorkommst", erklärte sie mir.

Ich verstand sie. Aber ich war froh, dass ich selbst keines mehr tragen musste. Ich war froh, dass ich in Istanbul war und nie wieder nach Iran zurückkehren musste. Ich war überglücklich darüber, dass wir ein neues Zuhause gefunden hatten und dass wir in Freiheit lebten. Ich war begeistert, dass ich so schnell die türkische Sprache lernte. Nicht einmal sechs Monate waren vergangen, und ich sprach schon so fließend Türkisch, dass die meisten dachten, ich sei ein türkisches Kind. Ich selbst bildete mir ein, ich sei schon ein richtiges türkisches Mädchen und die Türkei meine neue Heimat. Doch eines Tages stritten meine Eltern. Meine Mutter weinte. Sie sagte: „Schau dir an, wie wir hier leben. Wir sind hier gestrandet. Wie Wale. Wir können weder vor noch zurück."

„In Iran waren wir doch auch wie gestrandete Wale. Glaubst du, wir hatten dort einen Ausweg? Wir versuchen wenigstens, die Freiheit zu finden. So wie all die anderen Iraner, die hier gestrandet sind. Es muss doch eine Möglichkeit geben. Andere haben es doch auch geschafft“, erwiderte mein Vater.

„Ja, richtig. Gestrandet. Wenn bald keine Hilfe kommt, werden wir elendig zugrunde gehen. Ist dir das klar? Ist dir klar, dass die Türkei uns nicht will? Die werden uns nie eine Chance geben, hier Wurzeln zu schlagen. Unsere Kinder dürfen nicht einmal zur Schule. Sie bestrafen unsere Kinder“, antwortete meine Mutter. Sie war wütend und musste wieder weinen.

„Was soll ich tun? Kein Land will uns aufnehmen. Wir müssen warten. Es wird alles gut werden. Wir müssen nur Geduld haben. Glaub mir. Ich bin immer noch der Meinung, dass das, was wir getan haben, richtig war. Bitte, halte noch ein bisschen durch“, sagte mein Vater. „Verliere bitte nicht die Hoffnung!“

Mir kam zu Bewusstsein, dass die Türkei nicht meine neue Heimat war. Plötzlich betrachtete ich die Gesichter meiner Eltern. Sie lachten nicht. Ich fragte mich, worauf wir hoffen sollten und was ich mir wünschen konnte.

Doch eines Tages kam die Hoffnung wirklich und so unmerklich, dass wir sie beinahe nicht bemerkt hätten. Die Hoffnung war ein hagerer, trauriger Iraner in schlecht sitzender Kleidung. Er trug einen dunklen, vollen Schnurrbart und hatte zu allem Übel noch eine Hinterkopfglatze.

Und er hieß Herr Mohammedi. Er sprach ununterbrochen. Ich mochte ihn überhaupt nicht. Er sagte zu meinem Vater: „Hör zu, ich habe die Lösung gefunden. Es gibt für uns eine Rettung. Es gibt eine Möglichkeit, von der Türkei nach Deutschland zu gehen."

„Nach Deutschland?", mein Vater lachte. „Lass gut sein. Die Leute erzählen so viel. Von wem hast du denn diese Geschichte? Außerdem, wie sollen du und ich mit unseren kleinen Kindern eine so halsbrecherische Flucht nach Europa wagen? Wir müssen einen legalen Weg finden. In irgendeinem Land muss uns eine Regierung die Erlaubnis geben, dort einzureisen. Wir brauchen Visa für solch ein Land. Glaub mir, ich hab keine Kraft mehr …"

Die Hoffnung mit Hinterkopfglatze hatte ihn unterbrochen. „Aber das ist es ja. Wir bekommen Visa von Ostdeutschland. Wir müssen nur zu der Botschaft gehen und Visa beantragen. Sie geben sie uns sofort. Ehrlich. Glaub mir. Das haben schon ein paar Iraner getan, und die haben einen Freund von einem meiner Bekannten von Deutschland aus angerufen", sagte Herr Mohammedi.

„Aber warum sollten die uns ein Visum ausstellen? Uns will doch niemand haben", antwortete mein Vater.

„Doch, die wollen nur Westdeutschland ärgern. Sie wissen ja, dass niemand freiwillig bei ihnen bleibt. Und dass jeder aus ihrem Land nach Westdeutschland abhaut. Und Westdeutschland muss uns aufnehmen. Es hat sich dazu verpflichtet. So hat Ostdeutschland dem Westen einen Streich gespielt, verstehst du?", fragte er meinen Vater.

Mein Vater wurde langsam hellhörig und fragte genauer nach.

„Aber wie überwinden wir die Mauer?"

„Die müssen wir gar nicht überwinden. Sie schieben uns ab", sagte Herr Mohammedi. Er sprach mehrere Stunden lang, bis er meinen Vater, der sehr große Angst hatte, etwas Falsches zu tun, überzeugt hatte.

Mein Vater dachte eine Weile nach und erklärte uns dann, dass dieser Plan keinesfalls schlimmer sein könne als das Leben, das wir jetzt in der Türkei führten. „Wir haben nichts zu verlieren. In welcher Situation sind wir denn momentan? Wir befinden uns in einem Land, das uns nicht will und uns früher oder später zwingen wird, in den Iran zurückzugehen. Es gibt aber nur eine Richtung: vorwärts. Es kann nur vorwärtsgehen. Nicht zurück. Die Idee ist einen Versuch wert."

„Auf gehts. Zieh dich warm an. Wir müssen die ganze Nacht vor der Botschaft anstehen. Hast du lange Unterhosen? Zieh alles an, was du hast. Wir treffen uns in einer Stunde am Hauptbahnhof und fahren nach Ankara." Herr Mohammedi verabschiedete sich.

Noch in derselben Nacht im Dezember des Jahres 1985 stellten sich mein Vater und Herr Mohammedi vor der Botschaft der Deutschen Demokratischen Republik an, standen die ganze Nacht in einer langen Menschenschlange und erhielten am nächsten Morgen, was sie beantragt hatten, Visa für die DDR.

Als mein Vater müde und durchgefroren heimkehrte

und uns die Visa in den Pässen zeigte, kehrte eine neue Fröhlichkeit in unsere Wohnung ein. Meine Eltern weinten Freudentränen, und mein älterer Bruder jubelte. Er erklärte mir, dass so ein Visum für uns Flüchtlinge wertvoller sei als ein Sechser im Lotto. Er sagte, dieses kleine Papier würde unser ganzes Leben verändern.

Noch am selben Tag kümmerte mein Vater sich um Flugtickets, und damit stand das Datum für unsere Ausreise aus der Türkei fest.

Mein Vater erklärte uns Kindern, dass wir großes Glück hätten. „Fast alle Flüchtlinge müssen sich auf eine lebensgefährliche Reise begeben, wenn sie nach Europa wollen. Aber wir setzen uns ins Flugzeug und steigen am Ziel aus. Es wird klappen. Wir werden all das Elend hier hinter uns lassen, und nie wieder müssen wir zurück in den Iran. In Europa fangen wir neu an. Ich werde in Deutschland wieder als Arzt arbeiten, und wir werden wie früher ein normales Leben führen. Das verspreche ich euch."

Wir waren keine Gestrandeten mehr. Der Alltag in Istanbul bekam für meine Eltern wieder Farbe. Um uns gedanklich auf Deutschland vorzubereiten, lernten wir deutsche Vokabeln. Mein Vater besorgte ein Deutsch-Englisch-Wörterbuch und begann sofort mit dem häuslichen Unterricht. Er fand die Wochentage sehr wichtig und brachte sie uns bei, obwohl er selbst noch nie die deutsche Sprache gehört hatte. So lernten wir Sammestagg, Sonntagg, Monntagg, Dijenstag, Mittwotsch, Donnnehrstagg,

Feraytagg und viele andere falsch ausgesprochene Vokabeln.

Mir war die Reise nach Deutschland nicht recht. Nicht weil ich Angst vor dem unbekannten Land hatte. Mir machte es auch nichts aus, wieder eine neue Sprache zu erlernen. Die Gründe, warum ich nicht wegwollte, lagen vielmehr in dem Land, das wir verlassen sollten. Ich fand es traurig, dass wir nun von Istanbul fortgingen. Denn ich hatte die Türkei als meine neue Heimat ins Herz geschlossen. Außerdem waren wir ein paar Wochen vor der Entscheidung in eine andere Wohnung gezogen, weil mein Vater einen kleinen Job im Krankenhaus bekommen hatte. Ich fand es nicht notwendig fortzugehen. Für mich war alles gut so, wie es war. Das Hochhaus, in dem wir eine neue Wohnung bezogen hatten, war erst vor Kurzem in einem schönen Randviertel von Istanbul neu erbaut worden. Die Wohnung lag in einer der allerobersten Etagen. Es gab einen modernen Aufzug und fortschrittliche Müllschlucker im Treppenhaus. Mit großer Begeisterung brachte ich mehrmals täglich unseren Müll zu diesem lustigen Schlund und fütterte ihn. Der Schlund dankte mit einem Geräusch des Aufpralls, das für mich Glück und Frieden bedeutete. In dem Haus wohnten viele Familien mit Kindern. Hier roch man noch das Holz, den Holzleim und die Farben. Auch die Möbel rochen neu, und das Bad war wundervoll gefliest.

Eines Nachts war ich aufgewacht und wollte nicht glauben, was ich sah, als ich aus dem Fenster blickte. Die ganze Umgebung war verschwunden. Ich sah weder den Boden unter uns noch die anderen Hochhäuser. Unser Hochhaus erhob sich ganz allein aus einem Wolkenmeer. Der Nebel war so tief gesunken, dass unser Stockwerk und unsere Fenster darüberlagen. Das warme orangefarbene Licht der Straßenlaternen beleuchtete den Nebel von unten. Unser Hochhaus war ein riesiger einsamer Turm, der hoch oben aus den Wolken ragte. Wie ein Turm der Riesen. Über uns war ein schwarzer Nachthimmel mit funkelnden Sternen und unter uns ein Meer orangefarbener Wolken, so weit das Auge reichte. Es war, als ob ich fliegen würde. Als ob ich eine geflügelte Traumprinzessin in einem Turm wäre.

Mir gefiel diese Wohnung, und mir gefiel es nicht, dass wir wieder alles einpacken mussten. Mir gefiel auch nicht, dass wir Kinder wiederum unser gesamtes Spielzeug zurücklassen mussten, weil meine Eltern nicht wussten, wo wir landen würden, und weil wir nur das Notwendigste mitnehmen durften.

Schon zehn Monate zuvor hatte ich mich in meiner ersten Heimat Iran von meinem ganzen Hab und Gut trennen müssen. Auch damals hatten meine persönlichen Sachen und mein Spielzeug nicht zum Überlebensnotwendigen gehört, das wir in nur zwei Koffern mitnehmen konnten. Nun packten wir wieder dieselben überlebensnotwendigen Dinge in dieselben Koffer und ließen alles andere zurück.

In der Nacht vor dem Flug machte ich ins Bett und

schämte mich so sehr, dass ich es niemandem sagte. In jener Nacht war ich keine Prinzessin, schon gar keine geflügelte. Ich sah weder Wolken noch Sterne, und die Straßenlaternen da unten schienen ausgelöscht. Draußen war es nur finster, und es wimmelte von kalten Dämonen, Vampiren, Teufeln, Geistern, zornigen Riesen und all den anderen Unwesen, für die noch keiner einen Namen gefunden hat, die aber jedes Kind kennt.

Ich wusch mich in unserem neuen Badezimmer. Ich versuchte leise zu sein, damit niemand von meinem Missgeschick erfuhr. Ich zog mir die frische Unterhose an, die meine Mutter für den nächsten Morgen bereitgelegt hatte. Ich wusch auch meine Wäsche und den Überzug meiner Matratze, aber ich wusste nicht, wie ich die Matratze sauber bekommen sollte. Ich war vollkommen verzweifelt und scheuerte mit einem Schwamm auf der Matratze herum. Ich rieb so lange, bis ich durch das Tränenmeer in meinen Augen nichts mehr erkennen konnte. Dann drehte ich die Matratze um und dachte, dass es niemand bemerken würde. Ich sah nicht, dass meine Matratze nicht mehr bezogen war, und ich dachte nicht daran, dass die Wäsche am nächsten Morgen noch triefend nass sein würde. Ich weinte noch lange. Bis meine kleine Schwester aufwachte und sich zu mir kuschelte.

Meine Schwester, die ich mir so sehr herbeigewünscht und die ich in meinem alten Leben in Iran zum vierten Geburtstag bekommen hatte, war lange Zeit für uns alle nur „die Kleine“. Sie war die ersten Jahre nicht sichtbar für mich, weil sie immer bei meiner Mutter war. Doch langsam trat sie in mein Blickfeld. Sie war nun sieben Jahre alt und endlich ein echtes großes Mädchen. Sie wurde nun eine richtige Schwester für mich. Wir liebten sie alle. Ich wunderte mich oft über ihren unglaublich starken Willen. Manchmal kam es mir vor, als sähe sie Dinge, die wir nicht sehen konnten, und als ob diese Dinge sie tapferer und weiser machten, als wir es alle zusammen waren.

Nun, da sie – meine kleine tapfere Schwester – bei mir war, schlief ich endlich ein und träumte nicht. Natürlich entdeckte meine Mutter am nächsten Morgen mein kleines Malheur, aber sie sagte nichts. Und ich tat so, als hätte ich es nicht bemerkt. Sie warf die schmutzige Bettwäsche, die schmutzige Unterwäsche und das schmutzige Schlafhemd einfach weg. Es waren ohnehin alles Dinge, die wir nicht mitnehmen wollten, denn die Koffer standen schon gepackt im Flur.

TEIL DREI

DEUTSCHLAND

OSTBERLIN

Fünf Quellen hat der Fluss. Er wird „Spree" genannt, was so viel bedeutet wie „Sprühende". In ihrem langen Lauf fließt sie vom Osten in den Westen Berlins, wo sie in die Havel mündet. Auf ihrer letzten Strecke hat sie viel gesehen. Denn hier starben viele Menschen, die sich für die Freiheit entschieden hatten. Anders als die Spree durften die Menschen lange Zeit nicht vom Osten in den Westen wandern.

Kinder, bald kommen wir zu einer Mauer, die unbezwingbar ist. Wie eine Gefängnismauer", kündigte mein Vater an. „Man hat sie gebaut, um die Menschen, die im östlichen Teil des Landes leben, daran zu hindern, in den anderen, den westlichen Teil zu gehen. Und wenn jemand versucht, die Mauer zu überwinden, wird er sofort erschossen. Ohne Gnade."

„Und warum müssen wir zu dieser Mauer?", fragte ich.

„Weil wir die Erlaubnis bekommen haben, diese Mauer zu passieren und dorthin zu gehen, wovon Millionen Menschen träumen, nach Westdeutschland", antwortete mein Vater.

„Aber woher bist du dir so sicher, dass wir dahin dürfen, ohne dass die Ostdeutschen uns an der Mauer erschießen?", fragte meine Mutter.

„Weil sie mir ein Visum für dreißig Stunden gegeben haben. Glaub mir, uns wird das ebenso gelingen wie all den anderen Iranern, die vor uns diese Möglichkeit genutzt haben. Sie wurden alle innerhalb der dreißig Stunden aus

Ostdeutschland rausgeworfen. Es wird klappen. Ganz sicher!“, erklärte mein Vater.

Ich hatte Angst vor dieser Mauer. Wir saßen im Flughafen von Istanbul und warteten auf unseren Flug zu der unheimlichen Mauer, an der Menschen erschossen wurden.

Am Morgen hatten wir in Istanbul vor der Abreise eine iranische Freundin besucht, mit deren Tochter ich mich angefreundet hatte. Sie schenkten uns zum Abschied viele Tränen und eine Schachtel deutscher Pralinen. Bis wir die Pralinen probieren durften, mussten wir Kinder Geduld aufbringen. Unseren Eltern war nicht nach Naschen zumute. Gegen Mittag kamen wir zum Istanbuler Flughafen.

Am späten Abend hatte das Warten endlich ein Ende, und wir bestiegen das Flugzeug nach Ostberlin. Als wir unsere Sitze in der Maschine eingenommen hatten, war es für mich endgültig, dass es kein Zurück mehr gab. Ich musste von der Türkei Abschied nehmen. Meine Eltern strahlten vor Freude und waren so unbeschwert, wie ich sie selten erlebt hatte. „So, Kinder. Jetzt haben wir alle etwas Gutes verdient“, sagte meine Mutter.

Die Pralinen, dachte ich. Der Gedanke machte mich fröhlich. Meine Mutter packte die Pralinen aus. Sie riss die verheißungsvoll knisternde Folie an einem Goldfädchen auf und reichte die erste Praline unserem großen Bruder. Da mein großer Bruder immer der Abenteuerlustigste von uns allen gewesen war, probierte er als Erster alle unbekannten Esswaren und berichtete uns, ob und wie sie schmeckten. Seit wir in der Fremde lebten, hatten wir uns das angewöhnt. Oft sahen Speisen köstlich aus und schmeckten fürchterlich oder andersherum. Und tatsächlich – auch diese Pralinen bargen eine gewaltige Überraschung. Gebannt starrten wir alle auf unseren großen Bruder. Ganz vorsichtig biss er in die dunkelbraune glatte Schokoladenhülle. Sie knackte auf. Im selben Augenblick ergoss sich eine Flüssigkeit über sein Hemd. „Oje! Vorsicht, Leute! Da ist was Flüssiges drin. Ihr müsst die Pralinen ganz in den Mund stecken!", hörte ich noch seine Warnung, während ich meine Praline schon voll Ungeduld in den Mund schob.

Als ich auf die Praline biss, durchlebte ich einen ungeheuer schrecklichen und wahrhaft ekelerregenden Moment. Die Praline war mit hochprozentigem Alkohol gefüllt und hatte absolut nichts im Mund eines elfjährigen Mädchens zu suchen, das noch nie mit Alkohol in Berührung gekommen war und keinerlei Vorstellung davon hatte, dass es so etwas wie Alkoholpralinen überhaupt gab.

Das Flugzeug startete. Die Turbinen drehten sich immer schneller. Meine Gedanken drehten sich nur um die widerliche Soße, die in meinen aufgeblähten Backen hin und her schwappte. Verzweifelt überlegte ich, wie ich mich verhalten sollte und wie lange ich es noch aushalten würde, ohne die Flüssigkeit hinunterzuschlucken. Der scharfe, stechende Geruch war schon längst in meinen Kopf, meine Ohren, meine Nase, meine Augenhöhlen und bis tief hinein in meine Kehle und meinen Magen gedrungen. Ich wollte diesen Brei nur noch ausspucken. Zum Glück hielt mir mein Bruder, der Schutzengel, eine Spucktüte hin.

Obwohl ich die Flüssigkeit nicht hinunterschlucken musste, war aber alles zu spät. Ich weinte. Ich konnte gar nicht mehr aufhören zu weinen, als hätte die Praline das Fass zum Überlaufen gebracht. Ich bekam entsetzliche Kopfschmerzen. Das Flugzeugessen widerte mich an. Ich wollte nur noch schlafen und vergessen. Ich wünschte mir, ich würde mich in Luft auflösen, denn ich wollte nach Hause. Da aber stellte ich mir die Frage, wo mein Zuhause war. Und mir wurde bewusst, dass ich kein Zuhause hatte. Ich war verzweifelt und untröstlich. Ich wollte nicht da sein, wo ich war, und ich wollte nicht die sein, die ich war. An dieser Reise war für mich alles schlimm. Die Nacht in dem Flugzeug erschien mir wie ein einziger Albtraum. Dann weckte mich eine Stimme auf und sagte: „Schnell! Sieh aus dem Fenster! Schau, der Mond ist riesig!"

Ich hatte mich in den Schlaf geweint und wurde nun von den erstaunten Stimmen der Passagiere und meiner Eltern geweckt. Alle schauten aus den Fenstern und bewunderten den Mond. Ein Raunen ging durch das Flugzeug. Aber ich wollte den Mond nicht sehen. Nie mehr. Es war seine Schuld, dass ich kein Zuhause mehr hatte.

Nachdem wir in Ostberlin gelandet waren, ging alles sehr schnell. Wir Kinder wurden zur Eile gedrängt. Mein Vater wusste, an welcher Stelle wir trotz der Mauer nach Westberlin gelangen konnten und wie wir dorthin kommen würden. In Istanbul hatte sich, durch eine lange Gerüchtekette weitergegeben, unter den Iranern eine kuriose Wegbeschreibung herumgesprochen. Mein Vater hatte sich genau aufgeschrieben, in welche Straße wir vom Flughafen aus einbiegen mussten, in welchen Bus wir einsteigen und wie viele Haltestellen wir fahren sollten. Immer wieder versuchte er, Passanten nach den Straßen zu fragen, indem er die Straßennamen laut nannte. Diese Straßennamen klangen wie die Worte, die wir Kinder früher bei unseren Spielen mit Geheimsprachen erfunden hatten. Sie klangen urkomisch. Doch die ernsten, besorgten Gesichter meiner Eltern und meiner Brüder passten nicht dazu. Schließlich gelangten wir in eine unterirdische S-Bahn-Station. Sie war grau und strömte die seltsame Geruchsmischung von U-Bahn-Schächten aus. Sie roch nach Metall, Urin, kaltem Stein und Klimaanlagen. Kaum hatten sich unsere Augen an das unterirdische Licht der Neonröhren gewöhnt, da sahen wir uns schwer bewaffneten DDR-Soldaten gegenüber. Sie zeigten uns mit Handzeichen, in welche Richtung wir laufen und in welche S-Bahn wir einsteigen sollten. Die S-Bahn stand mit offenen Türen bereit. Sie war innen mit Neonlicht beleuchtet. Mir kamen die offenen Türen vor wie bedrohliche Mäuler einer Schlangenkreatur. Ich hatte Angst vor der S-Bahn. Doch die Handzeichen der Soldaten waren unmissverständlich. Sie warfen uns aus ihrem Land hinaus. Offensichtlich hatten sie die Anweisung, Flüchtlinge wie uns in die Bundesrepublik Deutschland abzuschieben. Ihre mörderischen Schnellfeuerwaffen zeigten auf uns. Wir ließen uns freiwillig abschieben. Niemand sprach ein Wort, obwohl alle besorgt weiterdrängten. Wir waren eine graue Gruppe von vielen Flüchtlingen mit Kindern und Koffern. Doch es war so still, als ob die Schlangenkreatur, die uns auflauerte, zwar blind wäre, aber sehr gut hören könnte. Nicht einmal die Babys oder Kleinkinder weinten. Es war so, als ob alle die Angst wahrnahmen. Ich merkte die Anspannung meiner Eltern. Auch meinen Vater überkam große Angst, und ich wusste, dass ich ihm unbedingt auf Schritt und Tritt folgen musste. Ich spürte, dass wir hier in einer bedrohlichen Situation waren. Und ich spürte mit einem Mal, dass wir für die Länder, in die wir einreisten, nur Ärger bedeuteten und dass uns niemand haben wollte.

WESTBERLIN

Die Havel ist ein hübsches Flüsschen, das sich wie eine Kette mit großen Perlen rund um das Havelland legt. Die Perlen werden von den vielen kleinen Seen gebildet, die sich an die Havel reihen. Die Havel entspringt in Ostdeutschland, der damaligen DDR. So könnte man auch sagen, dass es vielleicht die Havel war, die meine Familie und mich still und unmerklich auf unserem Weg von Ost nach West begleitet und beschützt hat.

Meinen Eltern fiel ein Stein vom Herzen, als wir endlich Westberlin erreichten. Ich wunderte mich, als meine Eltern sagten, wir hätten die Mauer überwunden, denn ich hatte keine Mauer gesehen.

Meine Mutter fragte: „Wie solls nun weitergehen? Wohin gehen wir jetzt?"

„Mach dir keine Sorgen. Ich hab eine Idee. Ich frag einen Passanten nach einem Taxi. Taxi heißt auf Deutsch bestimmt auch Taxi", sagte mein Vater in seiner unerschütterlich optimistischen Art. „Und danach sag ich dem Taxifahrer das Wort Hotel. Das ist auch so ein internationales Wort. Und dann sehen wir weiter." Doch schon bald sagte er mehr zu sich als zu meiner Mutter: „Sieh doch nur, weit und breit ist kein Mensch zu sehen. Wo sind die bloß alle hin?"

Meine Mutter hörte ihm ohnehin nicht zu. Sie war damit beschäftigt nachzusehen, ob unsere Reißverschlüsse geschlossen waren, damit wir nicht froren.

Er fasste sie am Arm und sagte: „Sieh doch selbst. Hier ist kein Mensch, alle sind fort!"

Da schaute meine Mutter auf und wusste gar nicht, was sie antworten sollte. Nach einer kurzen Pause fragte sie: „Sind wir überhaupt in Westberlin?"

Nun blickten auch wir Kinder uns um. Es waren keine Menschen da. Wir sahen keinen einzigen. Die Straßen waren so leer wie die staubigen Straßen in einem Western, wenn der Böse in die Stadt kommt und alle sich versteckt halten. Nur mit dem Unterschied, dass wir nicht die Bösen waren und dass hier kein Staub auf den Straßen lag, sondern eine dicke Schneeschicht. Es war eisig kalt. Ich dachte, es hätte sich eine Naturkatastrophe ereignet und die Leute wären aufgrund der beißenden Kälte zu Hause geblieben. Mein Vater zögerte nicht lange. Er trieb uns an zu laufen, damit wir nicht festfroren. Wir hatten keine Mützen, keine Handschuhe und keine Winterjacken. Mit einer derartigen Kälte hatten wir nicht gerechnet. Wir liefen einfach los. Mein Vater schleppte die zwei schweren Koffer, in denen wir immer noch unser letztes Hab und Gut und die Gerüche Irans aufbewahrten. Wir vier Kinder, ob groß oder klein, blieben dicht an der Seite unserer Eltern. Meine Füße wurden eiskalt. Ich spürte meine Zehen nicht mehr. Bald fühlten sie sich an wie kleine Wippen, die beim Laufen auf- und abschaukelten. Zu unserem großen Glück fanden wir bald ein Taxi, in dem ein richtiger Mensch saß. Wir waren erleichtert. Tapfer, wenn auch schüchtern, sprach mein Vater sein erstes deutsches Wort in Deutschland aus: „Hotel?"

Der Taxifahrer verstand ihn sofort. Er nickte. Er war abwesend und konzentriert zugleich. Sein Radio lief. Es musste etwas Wichtiges sein. Vielleicht eine Meldung über die gefährlichen winterlichen Straßenverhältnisse in Berlin oder mit Spannung erwartete Fußballergebnisse. Er sprach etwas in seinen Funk, stieg aus und machte sich wortlos daran, unsere Koffer in den Kofferraum zu befördern.

Wir beeilten uns, unsere zitternden Körper in das warme Taxi zu quetschen. Routiniert setzte sich mein älterer Bruder hinein und nahm unsere kleine Schwester auf den Schoß. Mein anderer Bruder saß auch schon im Taxi, und gerade als ich mich auf seinen Schoß setzen wollte, hörten wir zum ersten Mal ein deutsches „Nein!". Ich war verblüfft, weil erstmals jemand mit uns Deutsch sprach. Der häusliche Unterricht hatte gefruchtet, und wir wussten sofort, was es bedeutete.

Dann erfuhr ich, welche Folgen sein Nein für uns hatte. Er weigerte sich, uns alle zusammen in seinem Taxi zum Hotel zu fahren. Für seinen geräumigen cremefarbenen Mercedes-Benz waren wir angeblich zu viele. Er hatte schon ein zweites Taxi gerufen. Doch wir wollten uns um keinen Preis trennen lassen. In dieser unbekannten Welt und ohne ein Wort Deutsch. Wir wussten nicht, wo wir uns hätten verabreden können, falls wir uns verlieren würden. Vor ein paar Minuten hatten wir uns noch gefragt, ob wir überhaupt in Westberlin waren. Ich entschied mich, auf den ignoranten Taxifahrer sauer zu sein.

Ich schaute ihn an.

Der große Ring an seinem kleinen Finger erinnerte mich an Hassan, unseren geliebten Taxifahrer in Isfahan. Morgen für Morgen hatte mich Hassan, dessen Nachnamen ich nie erfuhr, in seinem eigenen kleinen, engen und klapprigen Peykan, dem iranischen Mittelklassewagen für den kleinen Mann, abgeholt und in die Schule gefahren. Zusammen mit acht anderen Kindern. Da hatten wir immer abwechselnd die einen auf dem Schoß der anderen gesessen. Einmal war ein Kollege von Hassan ausgefallen, und wir hatten noch ein paar seiner Kinder mitgenommen. Wir Kinder hatten uns gezählt und waren auf unseren gemeinsamen Rekord stolz gewesen. Vierzehn Kinder hatten in ein normales Taxi gepasst, und wir hatten nur ein paar blaue Flecken davongetragen.

Wieso durfte ich in diesem Luxustaxi nicht auf dem Schoß meines Bruders sitzen? Meine Empörung über den Taxifahrer wuchs, und ich war insgeheim stolz auf meinen Vater, der inzwischen ziemlich laut geworden war. Eine Weile flogen persische Flüche wie angriffslustige stinkende Wanzen durch die Luft, und deutsche flatterten ihnen wie zarte Zitronenfalter entgegen. Doch endlich fanden die Männer einen Kompromiss, und wir wurden alle zusammen in einem Großraumtaxi in ein Hotel gefahren.

Im Hotel lag auf jedem Kopfkissen eine kleine Tüte Gummibärchen, als wollten die Gummibärchen uns willkommen heißen. Jeden Tag aufs Neue. In dem Hotel verbrachten wir zwei ganze Nächte und Tage, die mir vorkamen wie zwei Wochen. Draußen war die Luft noch immer starr vor Kälte, und noch immer war dort keine Menschenseele zu sehen. Wir nutzten die Zeit, um uns von all den Strapazen der letzten zehn Monate zu erholen. Wir zehrten vom letzten Rest unseres Fluchtbudgets. Wir aßen gut, duschten oft und schauten von morgens bis abends Fernsehen. Besonders begeisterte mich eine Werbung für Batterien, die in den zwei Tagen zigmal ausgestrahlt wurde. In dem Clip trommelte eine ganze Armee von Spielzeughasen. Am Ende trommelte nur noch ein einziger Hase. Er wurde als Einziger mit den Batterien betrieben, für die geworben wurde. Diese Hasen weckten Hoffnung in mir. Meine neue Heimat fing an, mir zu gefallen.

Und dann hielten meine Eltern eine Überraschung für uns bereit, die uns vier Kinder alle Strapazen der bisherigen Reise vergessen ließ. Diese Überraschung war wie eine Gummibärchentüte, die nie zur Neige ging. Meine Eltern holten eine Telefonnummer hervor und gingen gemeinsam mit uns Kindern zu einer Telefonzelle. Sie riefen die Nummer an und gaben uns Kindern nacheinander den Hörer. Mein Vater warf immer wieder eine Münze ein und sagte: „Telefoniert, solange ihr wollt."

Am anderen Apparat sprach eine Stimme, die ich kannte. Es war jemand, von dem ich gedacht hatte, ich würde ihn nie mehr in meinem Leben hören oder sehen. Es war mein Cousin. Jener Cousin, der als „Zucker" über die Grenze geschmuggelt worden war, zusammen mit seinem Bruder. Dann hörte ich die Stimme meines anderen Cousins.

Sie fragten mich, wie es mir gehe und was ich so mache. Ich erzählte ihnen von den Gummibärchen und der Batteriewerbung und dass wir in Deutschland waren. Nach dem Telefongespräch glaubte ich, ich hätte geträumt. Wie lange hatte ich die Stimmen meiner so sehr geliebten Cousins nicht mehr gehört?

Wir kehrten auf unser Zimmer zurück. Eine Stunde später klopfte es an der Tür, und herein kamen meine beiden Cousins. Wir schrien alle vor Freude. Meine Eltern umarmten sie so, als ob sie gestorben und wiederauferstanden seien. Für mich waren sie gestorben und wieder lebendig geworden. Ich dachte, ich sähe Geister. Meine Cousins waren so schön und so lebendig. Ich fiel ihnen in die Arme. Ich küsste sie, und sie küssten mich. Der Ältere von beiden bewunderte meine schönen langen Haare und nahm mich auf seinen Schoß.

Ich fühlte mich wie eine Königin. Nun kann uns nichts mehr passieren, davon war ich überzeugt. Nun sind meine großen, schönen, mutigen und lustigen Cousins da, und nichts kann uns mehr passieren.

Der ältere Cousin sagte: „Ausgerechnet an Weihnachten kommt ihr hier an. Und dann wundert ihr euch, dass kein Mensch draußen unterwegs ist? Alle feiern zu Hause das größte Fest des Jahres in Deutschland. Drei Tage lang. Nun lasst uns aber endlich losgehen!“

Wir packten unsere Sachen, und mein Vater bezahlte an der Rezeption die Rechnung. Meine Cousins nahmen uns in ihr Flüchtlingswohnheim mit. Dort wollten wir über die Feiertage und über das Wochenende bleiben, bis die Behörden am Montag wieder öffneten und mein Vater uns anmelden konnte.

Alle gemeinsam liefen wir zu einer Bushaltestelle. Es war schon später Nachmittag. Ich war hungrig und müde. Wir waren in die S-Bahn umgestiegen und mussten von der S-Bahn-Haltestelle noch fünfzehn Minuten zu Fuß durch einen Wald laufen. Ich hatte einen solchen Wald noch nie gesehen. In Iran gingen die Leute nicht im Wald spazieren. Es war zu gefährlich wegen der Diebesbanden, und richtige Pfade waren nicht vorhanden.

Wir schritten in diesem Wald auf einem sehr breiten Pfad, der umsäumt war von hohen Bäumen. Alles war schneebedeckt, jeder Ast glitzerte und Nebel lag auf Lichtungen. Ich dachte, ich wäre in einem verwunschenen Wald in einem Märchen. Als wir das Gebäude betraten, war ich mir endgültig sicher, dass ich im Märchenland sein musste. Denn genau zu diesem Zeitpunkt fand im Haus ein großes Fest statt. Die Tische und Wände waren festlich dekoriert. Bunte Lichter leuchteten. Menschen lachten und unterhielten sich. Musik lief, und es gab Würstchen und Kartoffelbrei und Unmengen von Christstollen. Ich aß zum ersten Mal in meinem Leben Christstollen. Ich aß an dem Tag nur Christstollen, und ich aß sehr viel Christstollen und zerbrach mir den Kopf, warum die Iraner keine Christstollen erfunden hatten.

Dann verteilten die Deutschen kleine Weihnachtsgeschenke an die Kinder der Flüchtlinge. Eine Frau rief jedes Kind einzeln mit Namen auf die Bühne und überreichte ihm ein Geschenk. Ich fragte mich, wer diese Deutschen waren und warum sie das taten. Ich fragte mich auch, ob sie keine Familien hatten, dass sie Weihnachten hier im Flüchtlingsheim verbrachten. Meine Geschwister und ich verfolgten das Ganze gebannt. Uns war bewusst, dass wir keine Geschenke erhalten würden. Wir waren ja schließlich soeben erst angekommen. Was dann aber geschah, hätte ich für unmöglich gehalten. Es konnte nur ein Wunder sein. Zum Schluss ging die Frau von der Bühne. Die Leute fingen an, sich anzuziehen und zum Ausgang zu streben. Da eilte die Frau wieder auf die Bühne. Sie hielt vier weitere Geschenke in den Händen. Sie sagte etwas, und die Zuschauer blieben einen Moment stehen. Mit einem Mal fielen die Namen meiner Geschwister und mein Name. Wir durften auf die Bühne kommen und unsere Geschenke abholen. Ich war wie betäubt. Ein übermächtiges Glücksrauschen lief durch meinen Körper bis zu den Fingerspitzen und Fußzehen. In meinem Päckchen fand ich ein kleines Puzzle.

Im sogenannten „Waldheim“ blieben wir zwei Tage. Meine Cousins begleiteten uns an unserem sechsten Tag in Westberlin zur Polizei. Die Stadt war plötzlich wieder voller Menschen, was uns sehr beruhigte. Bei der Polizei sprach mein Vater zum zweiten Male tapfer, aber schüchtern ein deutsches Wort auf deutschem Boden aus. Er sagte: „Asyl".

Asyl war ein Wort, das er zuvor zigmal geübt hatte und trotzdem nicht richtig aussprechen konnte. Für seine persische Zunge war das „ü" zu schwierig. So wurde also aus „Asyl" nur ein „Asul". Meine Cousins sprachen noch nicht gut Deutsch, aber sie taten ihr Bestes, den Beamten zu erklären, dass wir Asyl beantragten. Es dauerte mehrere Stunden, bis die Registrierung vonstattengegangen war. Zum Glück war es auf der Polizeistation warm. Nach dieser Geduldsprobe für alle Beteiligten waren wir nun offiziell „Asylsuchende" mit deutschen Identitätspapieren. Offiziell machte man uns damit bekannt, dass wir ab sofort der deutschen Verwaltung gehorchen mussten. Wir mussten uns von nun an immer dort aufhalten, wohin uns die Behörden schickten. Mein Vater sagte zum Polizeibeamten: „Wir werden alles tun, was Sie uns sagen. Wir sind dankbar, dass Sie uns aufnehmen."

Mein Cousin dolmetschte es. Der Polizist antwortete nicht, vielmehr bat er uns, mit ihm mitzukommen. Wir wurden in ein anderes Flüchtlingswohnheim gefahren. Es war wahrhaftig kein Märchenland, sondern ein ehemaliges Krankenhaus. Wir bekamen ein großes Krankenhauszimmer mit sechs Krankenhausbetten. Die Silvesternacht verbrachten wir in diesem Zimmer zu zwölft mit der Familie von Herrn Mohammedi, die das Schicksal mit uns zusammengeführt hatte. Die Nacht war grauenvoll, und ich betete, sie möge schnell vorübergehen. Denn die Kinder der Familie Mohammedi weinten die ganze Nacht hindurch. Sie kamen aus Teheran und hatten dort im Gegensatz zu uns Bombennächte erlebt und überlebt. Die krachenden Silvesterknaller riefen die Erinnerungen an die Bomben wieder wach. Sie zitterten vor Angst. Also saßen wir alle zusammen in dem Raum und warteten, bis es vorbei war. Mit dem ersten Knall war uns allen der Schreck nicht nur in die Glieder, sondern in jede einzelne Haarspitze gefahren. Wir wussten nicht, was los war. Als die Menschen da draußen in den frühen Morgenstunden endlich mit der Knallerei aufhörten und das letzte Kind im Heim sich endlich beruhigt hatte, war ich einfach nur froh, dass Ruhe herrschte.

Im Januar und im Februar gab es viele Tage mit scharfem Frost und unglaublichen Schneefällen. Wir lernten Minusgrade kennen, von denen ich zuvor nichts geahnt hatte. Inzwischen waren wir mit wärmeren Jacken aus der Altkleiderkammer ausgestattet und in einem anderen Heim untergebracht worden. Und während die Deutschen draußen froren und dabei ihren Alltagsgeschäften nachgingen, holten wir uns drinnen, in den verschiedenen Flüchtlingslagern, Masern, Windpocken und Kopfläuse. Die Flüchtlinge in den Wohnheimen machten sich gegenseitig das Leben zur Hölle. Die Perser bezeichneten die Araber wie gewohnt als „Barbaren und Wilde". Die Araber nannten die Perser „arrogante Hunde", und alle beschimpften die Schwarzen als „schmutzige Ungläubige".

Doch trotz des gemeinsamen Gegners, der Schwarzen, blieben sich Perser und Araber die ärgsten Feinde. Die Behörden hatten die Feindschaft zwischen den Iranern und den Arabern bemerkt und die beiden unversöhnlichen Gruppen getrennt und in zwei verschiedenen Trakten untergebracht. Die Trakte waren jedoch durch ein gemeinsames Treppenhaus miteinander verbunden.

Und so geschah es, dass wir Kinder oft einem unheimlichen arabischen Jungen begegneten, der immer eine kleine Gefolgschaft mit sich führte. Er war sehr groß, sehr dick und sehr laut. Er lauerte uns iranischen Kindern im Treppenhaus auf. Dann beschimpfte er uns und schubste und rempelte uns an. Wir hatten große Angst vor ihm und gingen nicht mehr allein ins Treppenhaus.

Eines Tages sprangen er und seine Freunde im Treppenhaus aus dem Nichts auf uns zu und bespuckten uns. Sie hatten großen Spaß, denn sie hatten gerade Schokolade gegessen. Die braune Spucke zog ekelhafte schleimige Fäden an unserer Kleidung. Wir platzten vor Wut und rannten zurück ins Zimmer, wo wir unter lautem Schluchzen unserer Mutter den Vorfall schilderten. Sie war gerade beim Abwasch gewesen. Da die Sorgen über unser Flüchtlingsdasein sie schon längst zu erdrücken drohten, verlor sie an jenem Tag die Nerven. Wie eine dampfende Lokomotive lief sie voran ins Treppenhaus, wo sie den Jungen stellte. Sie fing sofort an, ihn auf Persisch anzubrüllen. Obwohl sie genauso groß war wie der Junge, sah es so aus, als ob sie sich bedrohlich über ihn beugte und dabei immer größer würde. Der Junge dagegen fing augenblicklich an zu schrumpfen. Meine Mutter schrie so laut, wie ich sie niemals zuvor hatte schreien hören.

„Was bist du denn für ein schlecht erzogener, schlimmer Junge? Warum musst du immer die Kleineren ärgern? Bist du so feige? Meinst du nicht, dass wir hier alle schon genug Ärger am Hals haben? Willst du Ärger? Willst du wissen, wie es ist, von Größeren geschlagen zu werden?" Sie legte keine Pause ein. Während ihres Monologes hatte sie ihren Arm erhoben: „Dann nimm das!", schrie sie, ohne seine Antwort auf ihre vielen Fragen abzuwarten. Sie verpasste ihm mit ihrer nassen Hand, die vom Geschirrspülen noch voll Schaum war, eine schallende Ohrfeige. Schaumfetzen wirbelten durch die Luft und sanken zu Boden. Wir waren Sieger! Das tat so gut. Meine Mutter drehte sich um und ging. Wir folgten ihr wie kleine, erschrockene Küken. Ich hätte mit diesem Jungen nicht tauschen wollen, und tatsächlich tat er mir auch schon ein bisschen leid. Doch dieses Gefühl hielt nicht länger als zehn Minuten an. Denn da stand er plötzlich groß und mächtig in unserer Zimmertür und hielt ein gewaltiges blitzendes Metzgermesser in der Hand. Obwohl ich furchtbar erschrak, konnte ich mich nicht gegen ein Kichern wehren, das in mir aufstieg wie die Luftblasen in einem Sektglas. Denn auf seiner linken Wange war noch immer der Handabdruck meiner Mutter zu sehen: Fünf weiße Finger, und seine Haut war drum herum so auffallend rot wie eine einzige Mohnblume auf einem rosa

Hintergrund. Ein kleines Schaumkrönchen hing auch noch dran.

Glücklicherweise war der Dummkopf nicht wie ein echter Mörder auf leisen Sohlen und heimlich den langen Flur bis zu unserem Zimmer entlanggeschlichen, sondern er hatte mehr Krach veranstaltet als der alltägliche Lärm, der auf einem Flur im Flüchtlingswohnheim ohnehin schon herrschte. Alle Iraner waren aus ihren Zimmern gestürzt, um nachzusehen, was los war. Ein paar iranische Männer hatten sofort begriffen, was gerade passierte, und geistesgegenwärtig reagiert. Sie konnten ihn eben noch festhalten, als er das Messer gegen meine Mutter erhob. Der Hausmeister wurde gerufen, die Heimleitung und die Polizei. Die Polizisten fanden in seiner Kleidung vier weitere Messer. Der dicke, laute Junge behelligte uns nie mehr. Vermutlich hat er von seinem Vater eine ordentliche Tracht Prügel verpasst bekommen. Wir alle, inklusive des Hausmeisters, hatten von da an eine Geschichte mehr über Flüchtlingswohnheime zu erzählen.

Um nicht verrückt zu werden, kaufte mein Vater auf dem Flohmarkt einen uralten Schwarz-Weiß-Fernseher. Dieser Fernseher änderte mein Alltagsleben. Ich wurde von nun an Zeugin des westdeutschen Fernsehprogramms. Ich glaubte, der Fernseher brächte mir die echte Welt von da draußen in unser trostloses und überheiztes Zimmer.

Es tat gut, die fremde Welt da draußen zu sehen, ohne dass ich das sichere Zimmer verlassen, ohne dass ich mich auf die Menschen einlassen musste, die ich nicht verstand, ohne dass mir jeder einzelne Finger vor Kälte abzufrieren drohte, ohne dass ich mich von den Menschen angeglotzt und begafft fühlte. Ich sah die bunte Welt des Konsums und Miss Tagesschau. Ich liebte die Werbung und die Zeichentrickfilme und staunte über die vielen halb nackten Schauspieler und noch mehr über fast nackte Schauspielerinnen.

Trotzdem zog das echte Leben da draußen mich und meine Geschwister an wie ein Magnet kleine Metallstücke, und eines Tages, als wir uns am Fernseher sattgesehen hatten, folgten wir diesem Ruf. Stück für Stück erkundeten wir die echte Welt um uns herum, wie kleine Kätzchen, die zum ersten Mal einen großen Garten auskundschaften.

Es lohnte sich. Denn wir fanden einen wundersamen Ort, der in ganz Europa seinesgleichen suchte. Einen Ort, wo man sich den ganzen Tag über kostenlos im Warmen aufhalten und sich fabelhaft unterhalten konnte. Es war das prächtige „Kaufhaus des Westens“, das KaDeWe. Ein Kaufhaus, in dem es nur Luxuswaren zu kaufen gab. Dort sahen wir die exklusivsten Dinge. Einerlei, ob es sich um Spielzeug, Kleidung, Lebensmittel oder sonst etwas handelte. Alles war vom Teuersten und vom Feinsten.

Wir Kinder verbrachten Tag um Tag in diesem fantastischen Kosmos. Als wir ihn das erste Mal betraten, standen wir alle eine Weile mit offenen Mündern inmitten des riesigen Lichthofes. Alles war aus Gold und Glas, und dazwischen schwebten und surrten zwei prächtige Aufzüge, die uns an amerikanische Agentenfilme erinnerten.

Sie waren wie gläserne Käfer mit menschlichem Inhalt. Stundenlang konnten wir allein in dem Lichthof stehen, den Kopf in den Nacken gelegt, um den gläsernen Käfern beim Hinauf- und Herabkrabbeln zuzuschauen. Und immer unterhielten wir uns dabei. Die Gedanken und Geschichten gingen uns nie aus. Und die Stunden rannen an uns vorbei wie das glucksende Wasser einer Quelle, das immer weiterfließt.

Eines Tages stand im Lichthof eine kleine Bühne. Die Leute saßen und standen schon davor und warteten. Also stellten wir uns dazu. Ich setzte mich direkt vor die Bühne auf den Boden. Auf der Bühne lag eine einzige Marionette. Sie war so zusammengesunken, dass ich nur ihren Rücken sehen konnte. Ich konnte es kaum abwarten, ihr Gesicht anzuschauen. Endlich betrat ein Mann, ganz in Schwarz gekleidet, die Bühne. Die Zuschauer klatschten, und das Licht wurde verdunkelt. Der Marionettenspieler nahm die Schnüre in die Hand. Eine wundervolle melancholische Musik erklang, und die Marionette wachte auf. Sie war ein trauriger Clown. Ihre großen dunklen Augen schauten zu uns Zuschauern herüber. Sie waren traurig und erschrocken zugleich. Sie sah sich um, als ob sie nicht wüsste, wo sie aufgewacht wäre. Sie blieb auf einer Stelle stehen, und ihr Blick fiel im Publikum auf mich. Sie schaute mir tief in die Augen, und ich verliebte mich in sie.

Die Puppe merkte, dass sie Füße besaß, und freute sich darüber. Sie lief ein paar Schritte nach links, nach rechts und sah mich dabei voller Freude an. Ich sagte zu ihr: „Ja, schau, wie schön es ist, Beine zu haben. Lauf herum und erfreue dich des Lebens!" Doch plötzlich entdeckte sie das Bein des Marionettenspielers. Sie verstand zunächst nicht, was das war. Sie schaute das Bein von unten nach oben an, bis sie den Puppenspieler entdeckte, der die Holzgriffe und die Schnüre in Händen hielt. Sie blickte den Mann lange an. Ich begriff nicht, was passierte. Ich sah, wie sie erst eine Schnur in die Hand nahm und daran zog. Da bewegte sich ihre eine Hand, die an dieser Schnur hing. Sie ließ los, nahm eine andere Schnur und stellte fest, dass ihr Bein daran hing. Sie schaute den Puppenspieler noch einmal an. Dann wendete sie sich ab, vergrub ihr Gesicht in ihre Armbeuge und weinte.

Jählings wurde mir unerträglich schwer ums Herz. Ich begriff nun, was da geschah, und ich wünschte mir tausendmal, sie hätte den Marionettenspieler nicht entdeckt. Aber es war zu spät. Das Licht wurde traurig. So traurig, wie kein Licht je gewesen war. Die Musik zerriss mich. Ich hielt den Atem an. Auch die Marionette war erstarrt. Sie stand da und dachte eine kleine Ewigkeit nach. Dann nahm sie wieder die Schnur an ihrem Bein in die Hand, schaute mich an, nickte, um sich selbst Mut zu machen, und schnitt sie durch.

Ich wollte noch etwas zu ihr sagen, aber ich brachte kein Wort heraus. Der Puppenspieler nahm die Schnur und zeigte sie der Marionette. Es schien, als sei er verärgert. Er wollte sie eben reparieren, da schüttelte die Marionette den Kopf. Der Puppenspieler war ratlos. Die Zuschauer auch. Ich beschwor die Puppe, endlich Vernunft anzunehmen, aber sie schaute mich nicht mehr an. Und das traurige Spiel nahm seinen Lauf. Die Marionette schnitt eine Schnur nach der anderen ab. Am schlimmsten fand ich den Moment, als sie die Schnur abschnitt, die den Kopf hielt. Da hing der Kopf nach vorn, und ich konnte nicht einmal mehr ihre schönen kummervollen Augen sehen. Sie schnitt alles ab, bis ihr Körper zusammenfiel und sie tot auf der Bühne lag. Nur die eine Hand hielt sich noch in der Luft. Ich hoffte, sie würde weiterleben. Doch die Hand sank hinab. Ich war erschüttert.

Das Licht ging an. Die Zuschauer klatschten, erhoben sich und gingen ihrer Wege. Wir saßen noch eine Weile vor der Bühne. Auch meine Geschwister waren sprachlos. Mir rannen Tränen über die Wangen.

Bald aber stellten wir fest, dass dieses Stück täglich dreimal gespielt wurde. Und so saß ich jeden Tag zu jeder Vorstellung auf demselben Platz. Und bei jeder Vorstellung weinte ich.

Eines Tages wollten ein paar iranische Bekannte gemeinsam die Berliner Mauer besichtigen und fragten uns, ob wir mitgehen wollten. Ich wollte nicht mitkommen. Ich wollte ins KaDeWe, um das Stück nicht zu verpassen. Die anderen redeten auf mich ein. Sie sagten: „Die Mauer ist einzigartig auf der Welt. Sie ist historisch. Man muss sie gesehen haben. Du hast doch das Stück schon so oft angeschaut. Morgen kannst du ja wieder hingehen."

Aber ich wollte nur zu meiner Marionette. So erklärte sich meine Mutter bereit, mich zum KaDeWe zu begleiten.

Bald lernten wir, nicht nach vorn zu schauen, wenn wir irgendwo entlanggingen, sondern den Blick immer unten zu halten und über die Gehsteige schweifen zu lassen. Denn die Bürgersteige von Berlin waren übersät von Hundekot. Für uns Iraner war dieser Umstand eine unvorstellbare Sache. Und er passte überhaupt nicht in das Bild, das wir von einem sauberen, ordentlichen Deutschland hatten.

„Pass auf! Tritt nicht wieder in die Hundekacke. Mama kann es nicht leiden, wenn sie unsere Schuhe putzen muss. Gestern hätte uns das beinahe ein KaDeWe-Verbot eingebracht", sagte mein Bruder. Es war der schlaue und jüngere meiner beiden Brüder.

„Ja, ich weiß. Ich passe heute besser auf. Versprochen", antwortete ich.

Mit gesenktem und geschärftem Blick liefen wir durch die aufgetürmten Schneemassen, die seit Tagen keiner mehr von den Bürgersteigen wegräumen mochte. Auf einmal entdeckten unsere Augen etwas Wundervolles. Es lag da und glänzte aus dem grauen Loch, das es beim Herunterfallen in den Schnee gegraben hatte. Es war silbern und zeigte seine Zwei. Mein Bruder hob es auf und wiegte es in der Hand.

„Ich will es auch mal halten, bitte", sagte ich.

Wir waren stehen geblieben. Die Passanten drückten sich an uns vorbei. Einige von ihnen murmelten etwas. Andere stießen uns absichtlich an. Mein Bruder gab mir das Zweimarkstück. Nachdem ich es eine Weile betrachtet hatte, sagte ich: „Das ist das Schönste, was ich je gefunden hab!"

Ich erinnerte mich an die Zeiten, als ich zur unbestrittenen Sammlerkönigin unter den Geschwistern gekürt worden war.

Ich besaß eine Pusteblumensammlung und eine Sammlung der stattlichsten Kakerlakenkadaver, von denen der größte so groß war wie mein Zeigefinger. Ich hatte eine Glanzbonbon-Papiersammlung und eine Mattbonbon-Papiersammlung. Irgendwann hatte ich sogar eine riesige Gottesanbeterin gefunden, die tot aus den Weintrauben herausgefallen war. Wahrlich, ich hatte schon einiges aufgestöbert. Aber das hier übertraf alles bisher Entdeckte.

„Was machen wir damit?", fragte mein Bruder.

„Ich weiß es. Damit können wir zwei große Tüten Gummibärchen kaufen, und wir kriegen sogar was raus. Vielleicht reicht der Rest noch für ein Kaugummi aus dem Automaten", schlug ich vor und war begeistert von meiner Idee.

„Nein!", sagte mein Bruder. „Das ist doch Quatsch. Das, was wir heute kaufen, muss etwas sein, das wir für immer behalten und woran wir immer unsere Freude haben werden. Verstehst du?“

Weil ich ihm vertraute, nickte ich, beeindruckt von seiner Klugheit und von meiner eigenen Vernunft. Wir zogen los. Richtung KaDeWe.

Dort wartete eine ganze Spielwarenhandlung nur auf uns. Eine ganze Welt stand uns offen. Zunächst verbrachten wir viel Zeit bei den großen ferngesteuerten Spielzeugautos und bei den Barbiepuppen. Doch wie oft wir auch die Spielwaren in die Hand nahmen und wie oft wir auch die Münze in den Händen hin und her drehten, unser Geld reichte einfach nicht aus. Die Welt, die uns offen gestanden hatte, war geschrumpft. Wir schauten uns die kleineren Plastikautos und die kleineren Figuren an. Aber nie reichte das Geld. Doch wir gaben nicht auf und standen schließlich vor einem kleinen Regal mit den allerkleinsten Figürchen. Wir entdeckten winzige Plastikschlümpfe. Sie waren in allen Farben zu haben, außer in Blau, und sie kosteten nur neunundneunzig Pfennig pro Stück. Ich entschied mich für einen roten Minischlumpf und mein Bruder sich für einen grünen. Ich war sehr zufrieden mit unserer Wahl. Als stolze und vernünftige Kinder schritten wir zur Kasse. Eine zu stark geschminkte und unfreundliche Kassiererin mit hochtoupierter Frisur wickelte den feierlichen Moment grausam kurz ab und drückte meinem Bruder die zwei Pfennige Restgeld und das kleine Tütchen in die Hand. Sie sagte etwas Unfreundliches, ohne uns anzuschauen. Sie blickte über ihre

Brille auf den nächsten Gegenstand, der zum Kauf auf den Tresen gelegt worden war. Doch nichts konnte unsere Freude trüben. Insgeheim bewunderte ich sogar ihre blonden Haare. Höflich sagten wir Auf Wiedersehen und stiegen voller Selbstbewusstsein über unsere kluge Entscheidung in einen durchsichtigen Käfer.

An dem Tag durften wir ein Stück des luxuriösen KaDeWe mitnehmen, und gern kehrten wir zurück ins Flüchtlingswohnheim. Wir waren uns sicher, dass dort großes Lob der Eltern auf uns wartete. Wir liefen den langen Flur entlang, an den Türen all der anderen Flüchtlinge vorbei. Bei den Toiletten hielten wir uns die Nasen zu. In einem Zimmer schrie ein Vater, und ein Kind weinte. Keines der Kinder hinter diesen Türen besaß so exklusives Spielzeug wie wir jetzt. Wir gingen in unser Zimmer am Ende des Flurs, wo drei Doppelstockbetten aus verrostetem Metall den gesamten Raum für sich beanspruchten. Am kleinen Tisch, der sich in der Ecke duckte, saßen ein paar iranische Freunde und tranken Tee. Sie unterhielten sich in voller Lautstärke und waren gut gelaunt. Mein Bruder rannte zu unserer Mutter und holte die Minischlümpfe aus dem Tütchen. Mir sprudelten die Worte nur so heraus. „Mama, wir haben zwei Mark gefunden und haben das hier gekauft. Erst wollten wir Gummibärchen kaufen, aber dann sind wir zum KaDeWe …“

Schallendes Gelächter übertönte meine Worte. Mein Bruder wollte die Schlümpfe in seiner Faust verschwinden lassen. Doch es war zu spät. Einer der Männer schnappte sich die Schlümpfe und stellte sie sich auf den Kopf. „Na, Jungs? Die Welt hat auf diese zwei Figuren gewartet. Sie sind die zwei Juwelen, die noch in meiner Krone gefehlt haben", sagte er.

Die Männer lachten. Ein anderer nahm die Figuren weg und stellte sie mitten auf den Tisch. „Aber im Ernst, ich weiß nicht, ob ich lachen oder weinen soll. Wisst ihr, wie viel zwei Mark wert sind? Und da kauft ihr so einen Schrott? Hättet ihr lieber Süßigkeiten gekauft. Dann hättet ihr mal was Vernünftiges im Bauch gehabt statt dem Fraß, den sie uns hier auftischen."

Die Männer gaben die Figuren am Tisch herum, und einer übertrumpfte den anderen mit einem noch besseren Witz. Schließlich brüllten sie alle vor Lachen. Das machte mich sehr traurig und wütend. Mein Bruder und ich versteckten die Schlümpfe und die zwei Pfennige Restgeld in der kleinen Margarinedose, in der wir zusammen mit unserer Schwester all unsere kleinen Schätze aufbewahrten. Darunter einen Kiefernzapfen, eine Silvesterknallerhülse in Glitzerpapier, achtzehn rote Perlen und mehrere Schokoriegel-Sammelaufkleber, die jemand als wertlos erachtet und weggeworfen hatte.

Dieser Margarineschatz machte mir Mut und ließ mich Gefallen an meiner zauberhaften neuen Heimat finden, wo der Schnee Schätze barg.

KARLSRUHE

Der Rhein ist auf seiner mehr als eintausend Kilometer langen Reise das Symbol für Freiheit. Sein Name passt wahrlich zu ihm. Er kommt vom deutschen Wort „rinnen" und bedeutet „fließen". Die Wiege des Rheins steht am Tomasee, einem ruhigen, spiegelglatten See in den Alpen. Doch der Rhein ist weder glatt noch ruhig. Auf seinem Weg durchdringt er die Schluchten des Graubündner Landes hin zum Bodensee. Er umfließt den Schwarzwald und strömt entlang der Vogesen, des Odenwaldes und am Rheinischen Schiefergebirge vorbei. Er lässt dann den Hunsrück und die Eifel hinter sich und fließt in die Kölner Bucht. Hier macht er sich auf seinen letzten Weg, auf dem er gemächlich die flachen Landschaften der Niederlande durchschreitet. Am Ende verschmilzt er mit der Nordsee und bereist dann die ganze Welt. Und niemand, einfach nichts und niemand, kann sich ihm auf seiner großartigen Reise in den Weg stellen. Kein Soldat, kein Grenzwächter, keine Regierung und keine Mauer.

Am Rhein wurde mir und meiner Familie gezeigt, was Unfreiheit für einen Flüchtling bedeutet, der geflüchtet ist, um frei zu sein. In Karlsruhe stürzten wir in ein dunkles, trauriges Loch namens „Zentrale Anlaufstelle für Flüchtlinge". Ende Februar 1986 wurden wir von Berlin nach Karlsruhe gebracht. Ich verstand nicht, warum. Ich verstand nur, dass irgendeine Person in irgendeiner Behörde entschieden hatte, dass wir Baden-Württemberg zugewiesen würden. Wir kamen in ein sehr großes Übergangswohnheim für unzählige Flüchtlinge aus aller Herren Länder, für ihre Träume und Albträume, für ihre Geschichten und Schicksale. Für mich hatten die Menschen an diesem Ort keine Gesichter. Weder die Flüchtlinge noch die Beamten.

Am Tag unserer Ankunft bedeutete man uns, wir sollten uns anstellen. Die Schlange war eine riesige Masse Flüchtlinge, die nicht wussten, wohin mit ihren Körpern und mit ihren Gedanken. Wir Kinder wurden von den Erwachsenen hin und her gestoßen. Babys weinten. Die Menschen redeten in allen möglichen Sprachen, einige sehr laut, und manche der Männer rauchten und verpesteten die Luft, die ohnehin schon knapp war. Wir hielten uns an den Händen fest, weil wir Angst hatten, uns zu verlieren.

Meine Mutter trug unsere kleine Schwester auf dem Arm, und mein Vater war auf der Suche nach jemandem, der uns erklären konnte, wo wir waren und was wir zu tun hätten. Dann hörten wir alle ein Brüllen. Ein gesichtsloser Beamter mit glühenden Ohren schrie meinen Vater an: „Hier spricht man Deutsch!“

Mein Vater war schockiert, denn er hatte den Beamten nur gefragt, ob er Englisch spreche. An diesen Zuständen änderte sich den ganzen Monat lang, den wir in dem Loch verbrachten, nichts. Die Zimmer waren eng, dunkel und schmutzig. Alle Stockwerke stanken wie tote Tiere. Die Toiletten waren meistens verstopft und vollkommen verdreckt. Die Flüchtlinge verhielten sich untereinander feindselig, und die Mitarbeiter der Behörden schrien uns pausenlos an. Sie behandelten uns wie Verbrecher. Die Dolmetscher waren zurückhaltend, offensichtlich hatten sie vor den Beamten Angst. Die Beamten nahmen von meinen Eltern Fingerabdrücke, fertigten von ihnen „Verbrecherfotos“ an, von vorn und im Profil. Sie bestellten uns täglich in ihre Büros und stellten Fragen. Ständig musste mein Vater irgendwelche Schriftstücke unterschreiben, die ihm niemand richtig erklärte, auch nicht die Dolmetscher, weil keine Zeit dafür war.

Dauernd saßen wir im Verwaltungsgebäude stundenlang vor verschlossenen Türen auf unbequemen, kaputten Stühlen, wovon es immer viel zu wenige gab, und warteten, um manchmal auch einfach wieder weggeschickt zu werden. Die Bettdecken waren zerrissen und wiesen Urin- und Blutflecken auf, die vielfachem Waschen getrotzt hatten. Das ungewohnte deutsche Essen, das von einer Großküche für mehr als tausend Flüchtlinge gekocht wurde, vertrugen wir nicht, sodass wir alle unter unangenehmen Magen-Darm-Erkrankungen litten.

Im Übergangsheim wurden manche Frauen Prostituierte. Drogenhändler trieben ihr Unwesen. Täglich gab es unter den alleinstehenden Männern Pöbeleien und manchmal auch Schlägereien. Nachts schwebten wir in tausend Ängsten, besonders dann, wenn die Männer ihre Trauer in Alkohol ertränkten. Ich stellte mir vor, sie würden den Mond anbrüllen. Die Tür unseres winzig kleinen Zimmers, das wir zu sechst bewohnten, konnten wir nachts nicht abschließen. Es existierte kein Schlüssel. Tagsüber konnten wir uns auch draußen nicht lange aufhalten, weil es zu kalt war. Das Leben in diesem Flüchtlingsheim war wie ein Leben im Gefängnis, und der Alltag verdunkelte sich von Tag zu Tag mehr.

Wir Kinder waren zur Langeweile verurteilt, weil es für uns nichts zu tun gab. In den vielen Stunden, die ich mit mir selbst verbrachte, überlegte ich, ob unser Leben nun für immer so bleiben würde. Ich fragte mich, warum meine Eltern dieses Leben gegen unser vorheriges in der Türkei ausgetauscht hatten. Doch ich konnte unmöglich meinen Eltern Fragen stellen. Mein Vater war ratlos geworden und meine Mutter müde.

Wir zweifelten an unserem eigenen Verstand, denn nichts stimmte mehr. Alles hatte sich verändert. Wir zweifelten nicht nur an unserem Verstand, sondern auch an unseren fünf Sinnen.

Denn wir froren noch immer, obwohl wir beobachteten, wie die Menschen außerhalb des Flüchtlingsheims sich wie im Frühling verhielten. Sie trugen T-Shirts und saßen in Straßencafés. Wir fragten uns, wieso die Leute hier nicht froren. War das, was sich kalt anfühlte, in Wahrheit warm? Stimmte etwas mit unserer Haut nicht mehr?

Die gebackenen Hörnchen, die wir bei der Essensausgabe erhielten, wussten wir nicht zuzuordnen. Wir öffneten eines und kamen gemeinsam zu dem Schluss, dass sich wohl Hackfleisch darin befände. Als wir hineinbissen, schmeckte es aber süß und nach Nüssen. Es war schrecklich, das Süße zu schmecken, während wir ein Salzgebäck erwartet hatten. Stimmte etwas mit unserem Geschmackssinn nicht, oder konnten wir unseren Augen nicht mehr trauen?

Viele Dinge, die wir für normal gehalten hatten, waren plötzlich nicht mehr wie vorher. Wie etwa das Fernsehen, das uns verboten wurde. Ich konnte den Grund nicht nachvollziehen. Unser Vater sagte, sie befürchteten, dass die Geräte Feuer fingen. Doch man schrie uns nur an, als wir nach einem Fernseher fragten. Und wir zermarterten uns das Hirn, ob etwas an unserem Benehmen nicht in Ordnung war.

Auch die Fähigkeiten, die wir mitbrachten, wurden nicht gebraucht. Es interessierte niemanden, dass mein Vater kein Dummkopf war, sondern ein gebildeter Mann und dass er drei Sprachen beherrschte. Es interessierte niemanden, was mein Vater in seinem Leben geleistet hatte. Es zählte nur, dass wir kein Deutsch sprachen. Waren wir jetzt also lästige Schmarotzer, die nichts mehr allein zustande brachten?

Auch unser Name spielte keine Rolle mehr, da die Beamten es mit vereinten Kräften geschafft hatten, unseren Namen und alle unsere Vornamen in falscher Schreibweise in die für uns so wichtigen Ausweisdokumente einzutragen. Die Erkenntnis, dass vielleicht nie wieder jemand meinen Namen so aussprechen würde, wie es meine Großmutter getan hatte, lähmte mich. Hieß ich jetzt anders?

Ich bemerkte, dass meine dunklen lockigen Haare hier

etwas Besonderes waren. Mal besonders exotisch und mal besonders abstoßend. Manche Leute meinten, sie könnten mir mit ihren Fingern über den Kopf fahren und mir sagen, dass sie meine Löckchen süß fänden. Im Grunde taten sie nichts anderes als meine Lehrerinnen, die ungefragt mit ihren Fingern meine Haare angefasst hatten. Sie meinten auch, sie könnten mich einfach ausfragen, woher ich käme und was ich hier täte. Und sie hielten es für selbstverständlich, ungebeten ihre Meinung über Iran und über die Iraner kundzutun.

Andere Menschen wiederum schauten uns angeekelt an und sagten uns ins Gesicht, dass wir aus Deutschland verschwinden sollten. Sie schämten sich nicht, dies offen zum Ausdruck zu bringen, obwohl sie uns gar nicht kannten. Sie sagten, in der Bundesrepublik sei nicht genug Platz. Für mich war es unfassbar, dass sie nicht das Geringste über die politische Lage in Iran wussten.

Ich stellte fest, dass ich weder im Paradies noch im Märchenland war und dass nicht alles schön und fröhlich war, was mich als Flüchtlingskind erwartete. Ich war mir unsicher, ob ich je wieder ein normales Leben in einem normalen Haus und mit normalen Freunden in einer normalen Schule führen würde.

Im März fiel endlich die Entscheidung der Behörden. Sie hatten einen neuen Aufenthaltsort für uns bestimmt. Dort sollten wir so lange bleiben, bis darüber entschieden würde, ob wir in Deutschland bleiben dürften oder nach Iran ausgewiesen würden.

Der Ort hieß Heidelberg. Ein Beamter erklärte meinem Vater, wie unser Leben in Heidelberg auszusehen habe.

Unser Vater berichtete uns von dem Gespräch.

„Sie schicken uns nach Heidelberg. Das ist eine Stadt, ungefähr eine Stunde von hier entfernt. Bis zur endgültigen Entscheidung, ob wir Asyl erhalten oder nicht, werden wir in Heidelberg bleiben, aber wir dürfen nicht die Grenzen der Stadt übertreten. Wir müssen alles tun, was die Behörden uns vorschreiben."

„Und darfst du in Heidelberg als Arzt arbeiten?", fragte meine Mutter.

„Nein, leider haben wir als Asylbewerber zunächst ein Arbeitsverbot", antwortete mein Vater.

„Arbeitsverbot? Was heißt zunächst? Wie lange gilt das?", fragte meine Mutter.

„Sie haben gesagt, fünf Jahre."

„Fünf Jahre? Und was sollst du in den fünf Jahren tun? Wovon sollen wir leben?", fragte meine Mutter.

„Ich weiß nicht mal, ob ich das mit den fünf Jahren richtig verstanden hab. Das können sie doch nicht wollen. Wir bekommen vom Staat Geld. Das heißt Sozialhilfe. Aber ich verstehe es auch nicht. Sie sollten eigentlich froh sein, wenn wir unseren Lebensunterhalt selbst verdienen. Ich suche in Heidelberg gleich einen guten Anwalt. Und dann sehen wir weiter", sagte mein Vater.

„Ich werde vom Staat keine Almosen annehmen. Wir sind doch nicht hilfsbedürftig oder alt. Wir können unser

Geld selbst verdienen. In Iran haben wir sogar zwei andere Familien über Wasser gehalten. Und jetzt sollen wir von Almosen leben?“, erregte sich meine Mutter.

„Ja, das ist leider das Gesetz. Es gibt auch die Bestimmung, dass wir als Asylbewerber gar kein Bargeld besitzen dürfen. Sie geben uns für alles Gutscheine“, sagte mein Vater.

Meine Mutter schäumte vor Wut. „Das ist also das saubere Deutschland, wovon die Hälfte der Menschheit träumt. Ich frage mich, ob es richtig war, dass wir geflüchtet sind. Vielleicht hätten wir in Iran bleiben sollen, wie all die anderen. Sie leben doch auch noch“, sagte sie.

„Du weißt genau, dass es für uns keinen anderen Ausweg gab. Wolltest du, dass unsere Söhne die roten Stirnbänder tragen? Wolltest du das?“ Mein Vater hatte die Beherrschung verloren und brüllte.

Der Wortwechsel war damit zu Ende. Ich war trotzdem froh, dass wir dem elenden, schmutzigen Flüchtlingsheim in Karlsruhe entkommen waren. Dem Heim, in dem die Menschen nicht leben durften, sondern wie Gegenstände gelagert wurden. Als wir Richtung Heidelberg aufbrachen, hatte ich wieder Hoffnung.

HEIDELBERG

Der Neckar entspringt im Schwarzwald und fließt als kleiner Bach durch stolze Landschaften. Dann schwillt er zu einem großen, wilden Fluss an und strömt in einem engen Tal nach Norden, umringt von Wäldern und Bergen. So nannten ihn vor sehr langer Zeit die Kelten: „Wilder Geselle". Denn das ureuropäische Wort „nik" bedeutet „losstürmen". Doch der Neckar ist ein gefangener Geselle. Er wurde von den Menschen eingesperrt und gefesselt. Er hat ein Korsett aus Beton bekommen, und jahrein, jahraus zwängt er sich seine gerade Bahn hinab und kühlt die ungewöhnlich vielen Kraftwerke des Menschen an seinen Ufern. So kommt es auch, dass er nie zufriert. Der Neckar ist der wärmste Fluss Deutschlands.

Am Neckar in Heidelberg endete unsere lange Reise, die nun schon vierzehn Monate andauerte, seit wir in Isfahan in den Bus gestiegen waren. Ich hatte das errechnet und staunte, dass so viel Zeit vergangen war. Die letzte Etappe unserer Reise legten wir in einem kleinen weißen Transporter zurück, in dem uns eines Tages im April 1986 ein Mitarbeiter des Karlsruher Flüchtlingswohnheims von Karlsruhe nach Heidelberg brachte.

Der Fahrer hielt vor einem dunkelgrün gestrichenen Mehrfamilienhaus und bedeutete uns auszusteigen. Wir nahmen unsere Koffer, und er führte uns zum zweiten Obergeschoss. Er schloss die Wohnung auf, gab uns die Schlüssel und verabschiedete sich. Mein Vater ließ ihn aber nicht gehen. Er war überwältigt. Da ihm die deutschen Worte fehlten, konnte er nicht mehr sagen als „Danke, vieeledank, vieeledank, Thank you". Er bedankte sich überschwänglich und fand kein Ende.

Meine Mutter kam schließlich dazu: „Lass den armen Mann gehen. Der weiß gar nicht, warum du dich bedankst."

Der Mann war froh, als mein Vater endlich von ihm abließ. Schnellen Schrittes lief er die Treppen hinunter und murmelte ein flüchtiges „Auf Wiedersehen". Ein Iraner in Karlsruhe hatte uns erklärt, was „Auf Wiedersehen" im wörtlichen Sinne hieß. Ich war von diesem Wort fasziniert, zerbrach mir aber den Kopf, warum dieser Mann uns wiedersehen wollte und wo. Meine Mutter steckte die Schlüssel in die Tür und schloss die Wohnung von innen ab.

Stille!

Wir fühlten uns wie Könige.

Ich fühlte mich sicher und vergaß alle meine Gedanken. Mein Kopf war leer.

Zum ersten Mal seit Monaten hatten wir wieder einen eigenen Schlüssel. In dem Augenblick wünschte ich, ich könnte mich in dieser Wohnung, meinem neuen Zuhause, einschließen und ausruhen. Ich wagte nicht zu fragen, ob hier nun unser neues Zuhause sei. Es war zu schön. Und der Gedanke, dass wir dieses Zuhause möglicherweise wieder aufgeben mussten, war zu schrecklich.

Vorsichtig machten wir uns daran, die Wohnung zu erkunden. Sie hatte einen langen Flur. Auf der rechten Seite des Flurs lagen drei Zimmer, auf der anderen Seite waren die Toilette und die Küche. In jedem Zimmer standen zwei einfache Holzbetten mit je einer Matratze, einer Bettdecke und einem Kopfkissen. Die Bettwäsche war noch neu und verpackt.

In jedem Zimmer stand ein schlichter Schrank aus billigem Sperrholz. Man sah, dass die Möbel und die Gegenstände alt und gebraucht waren. Auch der Teppichboden war abgenutzt und roch muffig. Wichtig war mir das nicht.

In der Küche stand ein Esstisch mit sechs Stühlen. Mein Vater sagte ergriffen: „Seht doch nur, sie haben uns von allen Sachen sechs Stück besorgt. Sechs Gläser, sechs Teller, sechs Löffel, sechs Gabeln, sechs Messer. Von allem sechs. Sie haben an alles gedacht. Unglaublich! Diese Wohnung ist für uns. Wir können hier wohnen."

In diesem Augenblick ging eine Tür auf, und Millionen bunter Schmetterlinge flogen durch meinen Kopf. Große Dankbarkeit erfüllte uns alle, doch konnten wir unser Glück nicht begreifen. Diese Großzügigkeit uns gegenüber ging über alles hinaus, was wir während des letzten Jahres als Flüchtlinge erfahren hatten.

Als Erstes schauten mein jüngerer Bruder und ich aus den großen, zugigen Fenstern auf die Straße. Ich malte mir aus, wie wundervoll es wäre, wenn ich für immer durch diese Fenster auf die Straße schauen könnte. Da riss mich mein Bruder mit einem Schrei aus meinen Tagträumen. Auf der anderen Straßenseite hatte er einen türkischen Lebensmittelladen entdeckt. Wir riefen die anderen zu uns ans Fenster.

„Schnell, seht alle her! Hier sind Türken."

Türken waren für uns Menschen, deren Sprache wir beherrschten und deren Kultur uns näher war als die Kultur der Deutschen. Türken waren eine Art Heimat für uns. Wir konnten sie alles fragen und würden freundliche Antworten und Unterstützung bekommen. Auf der Stelle gingen wir alle zusammen in den Laden. Ich war glücklich, dass ich so schnell da draußen einen Ort gefunden hatte, an dem ich mich sicher fühlen konnte. Jede Angst vor der Welt da draußen war augenblicklich von mir abgefallen. Von dem Rest Geld, das wir noch hatten, kauften wir ein paar Lebensmittel und bereiteten am Abend endlich nach mehreren Monaten unser erstes selbst gekochtes Essen zu. Es wurde ein besonderer Abend voller Gedanken und Erinnerungen an unsere Liebsten, die in Iran zurückgeblieben waren. Noch am selben Abend packten wir unsere zwei Koffer aus und räumten alles in die Schränke.

Eine Woche später erhielten meine Eltern einen Brief. Das Schreiben sah wichtig aus. Mein Vater suchte einen Iraner auf, der Deutsch sprach. Der Iraner erklärte, dies sei eine Mitteilung der Behörden, dass Kinder in Deutschland eine sogenannte Schulpflicht hätten. Die Behörden forderten meinen Vater auf, seine Kinder unverzüglich einzuschulen. Mit Freudentränen in den Augen kehrte mein Vater heim. Er konnte nicht glauben, welch großes Glück es für uns war, dass wir in Deutschland lebten. In Iran hatte nicht jeder die gleichen Rechte auf Bildung und Beruf. Chancen hatten die jungen Leute nur, wenn sie zuvor selbst im Krieg gekämpft hatten oder zumindest ein naher Verwandter im Krieg gefallen war. Und die Türkei hatte uns nicht erlaubt, die Schule zu besuchen.

Mein Vater rief uns Kinder zu sich und erklärte uns, was in dem Brief stand: „Wir sind in einem Land, wo es den Behörden am Herzen liegt, dass alle Kinder eine gute Bildung und eine Chance für ihre Zukunft bekommen. Versteht ihr? Sie wollen mich *zwingen*, euch in die Schule zu schicken! Das ist so wunderbar."

Auch wir Kinder freuten uns sehr. Denn wir langweilten uns schon seit Langem. Schließlich hatten wir seit mehr als einem Jahr keine Schule mehr besucht. Die Einschulung war für mich ein wichtiger Schritt hin zu einem normalen Leben mit einer normalen Schule und normalen Freunden.

Die Internationale Gesamtschule Heidelberg, IGH, erklärte sich bereit, uns vier Kinder aufzunehmen. Mein erster Schultag begann im gemütlichen Zimmer des Schulrektors. Er begrüßte uns einzeln mit Handschlag. Ich dachte an die Schulrektoren in Iran, die uns Kinder wie Luft behandelt hatten. Dieser Schulleiter hatte lächelnde Augen.

Der erste Schultag wurde ein besonderer Tag für mich. Nach dem Gespräch wurde unsere kleine Schwester in Begleitung unseres Vaters und einer Lehrerin in die erste Klasse gebracht. Wir, die drei älteren Geschwister, wurden jeder von einer Lehrkraft in unsere jeweilige Klasse begleitet. Der Unterricht hatte schon begonnen, und die Schulflure waren leer. Das bedeutete, dass ich mitten im Unterricht in die Klasse hineinplatzen würde. Das war mir äußerst unangenehm. Ich dachte, es könnte nicht schlimmer kommen.

Ich versuchte, ein braves Kind zu sein, und folgte der Lehrerin. Ich schaute mich mit großen Augen um und bemühte mich nach Kräften, mir zu merken, wie oft wir nach rechts und nach links abbogen. Doch es kam, wie es kommen musste. Ich wusste schon bald nicht mehr, wie ich zum Sekretariat zurückfinden sollte, wo unser Vater uns am Nachmittag abholen wollte. Langsam geriet ich in Panik, und mir blieb nichts anderes übrig, als mein Schicksal ganz in die Hände dieser Lehrerin zu legen.

Dann liefen wir durch eine schwere rote Schwingtür mit dreieckigen Fenstern. Wir befanden uns draußen. So viel verstand ich. Ich rätselte, wohin sie mich wohl führen würde. Aber mir blieb nicht viel Zeit zum Nachdenken, denn sie lief in einem solchen Tempo, dass ich kaum mitkam. Immer wieder sagte sie: „Kommst du, bitte?"

Wir gingen ein ganzes Stück über den Schulhof und kamen schließlich zu einem anderen Gebäude. Hinter den großen Scheiben erblickte ich spärlich bekleidete Kinder, die in einem Becken schwammen. Das Schwimmbecken erinnerte mich an unseren Swimmingpool. Doch ich fragte mich, warum die Kinder während der Schulzeit im Swimmingpool schwimmen durften. In Iran war das Schwimmen in der Öffentlichkeit verboten gewesen. Voll Staunen lief ich weiter und sah gerade noch, wie die Lehrerin in einer weiteren Tür verschwand. Wir liefen Treppen hinunter und standen plötzlich in einer Sporthalle. Auch so etwas hatte ich noch nie gesehen. In den Mädchenschulen in Iran gab es keinen Sportunterricht. Meine Augen wurden noch größer. Meine Begleiterin unterhielt sich mit der Lehrerin, die in der Sporthalle eine Gruppe von Kindern meines Alters unterrichtete. Sie tauschten ein paar Sätze aus, dann ging sie. Ich fühlte mich sehr einsam und wollte am liebsten gleich nach Hause.

Doch zum Glück war die Lehrerin in der Sporthalle sehr nett. Sie beugte sich zu mir herunter und sagte etwas in einer sehr seltsamen Sprache. Diese Sprache mit so komischen Lauten wie „eu“ und „au“ war mir vollkommen unbekannt. Ich hatte meine Augen auf ihren Mund geheftet, der mir wie ein Automat vorkam. Die Üs und Ös kannte ich zum Glück schon aus dem Türkischen. Ich war froh, dass die Deutschen auch mit Üs und Ös sprachen, die ich nach langem Üben in der Türkei perfekt beherrschte. Die Lehrerin merkte schnell, dass ich kein Deutsch verstand. Sie fragte noch ein paar Dinge, die ich nicht beantwortete. Ich starrte an ihr vorbei in die Halle, weil mir unglaublich schien, was sich hinter ihrem Rücken abspielte. Die Kinder dort trainierten an den Ringen. Ich schaute mehrfach hin, aber ich begriff nicht im Entferntesten, warum ich hier war. Sporthallen, Turngeräte und Ringe kannte ich nur aus dem Fernsehen, von den Olympischen Spielen. Wir hatten Videos der Olympischen Spiele auf dem Schwarzmarkt gekauft, weil mein jüngerer

Bruder sportbegeistert war. Und die Kinder hier, die so alt waren wie ich, liefen an den Ringen hin und her, und noch schlimmer, sie hingen daran und schaukelten darin. Sie sahen aus wie die kleinen gelenkigen Äffchen aus dem Dschungelbuch. Ich war wie betäubt. Ich dachte, hier fände Unterricht für hochbegabte Kindersportler statt. Nun war ich mir sicher, dass ich aus Versehen hierhergebracht worden war. Inzwischen hatten die Kinder mich auch bemerkt. Sie kamen zu uns herübergelaufen und versammelten sich um mich. Sie fingen alle gleichzeitig an zu sprechen. Sie fragten mich tausend Dinge. Ein Mädchen fasste meine langen schwarzen Haare an, die meine Mutter für diesen wichtigen Tag zu einem makellosen, langen Pferdeschwanz oben am Hinterkopf zusammengebunden hatte. Ich schaute die Kinder nur an und versuchte verzweifelt, ein paar Wörter aus dem Geräuschwirrwarr herauszupflücken und zu verstehen. Doch es gelang mir nicht. Glücklicherweise konnte die Lehrerin die Kinder beruhigen. Sie richtete das Wort allein an mich. Alles war plötzlich still. Die Lehrerin fragte mich: „Deutsch?"

Ich schüttelte den Kopf. Die Kinder hielten den Atem an.

Die Lehrerin fragte: „Englisch?"

Ich schüttelte wieder den Kopf.

Die Spannung stieg.

Sie fragte: „Französisch?"

Ich wusste gar nicht, was das war, und sah sie mit großer Ratlosigkeit an. Auch sie war ratlos.

Sie zeigte auf eine Bank und bedeutete mir, dass ich dort Platz nehmen solle. Sie gab den Kindern Anweisungen. Die kehrten zu den Ringen zurück und stellten sich in einer Reihe auf. Die Lehrerin setzte ihren Unterricht fort. Ich war erleichtert. Ich setzte mich hin und beobachtete das Geschehen aus sicherer Entfernung. Dabei fiel mir ein Mädchen mit dunklen Haaren auf. Als der Unterricht offensichtlich zu Ende war, musste ich schnell sein. Ich ließ das dunkelhaarige Mädchen nicht aus den Augen und kämpfte mich zu ihm durch. Bei ihm angelangt fragte ich, ob sie Türkin sei: „Türk müsün?"

Sie schaute mich an und fragte: „Türkçe konuşuyor musun? Sprichst du Türkisch?"

Aus mir schoss ein großes und lautes „Evet!". Ich war so froh. Ich war glücklich. Das Mädchen ließ einen lauten Schrei los: „Frau Wegner, Frau Wegner, sie spricht Türkisch!"

Es war wie ein Wunder. Es war, wie wenn der Yeti irgendwo auftauchen und man auf einmal merken würde, dass er eine Sprache sprach, die einer der Anwesenden verstand. Das war aufregend, auch für mich, für den Yeti selbst, sozusagen. Ich war außer mir. Ich wusste gar nicht, was ich zuerst fragen sollte. So viele Fragen drängelten sich in meinem Kopf und schubsten einander beiseite. Nun kamen alle Kinder zurückgerannt und redeten auf das türkische Mädchen ein. Auch diese Kinder schubsten einander beiseite, und ein paar bekamen Streit. Da schickte die Lehrerin alle fort. Ich war froh. Das Mädchen musste mir ein paar wichtige Dinge übersetzen. Sie trug dem Mädchen auf, auf mich aufzupassen und mich zum Unterricht ins Schulgebäude mitzunehmen, damit ich nicht verloren ginge. Ich wusste, ich war gerettet.

Zuhal wurde meine beste Freundin, und in den nächsten drei Monaten wich ich nicht von ihrer Seite. Sie zeigte mir die Mensa und wie man dort mittags Essen holte. Sie machte mich mit jedem Gericht vertraut, erklärte, was darin enthalten war, ob es süß, sauer, bitter oder salzig schmeckte. Sie zeigte mir den Weg zu den Biologieräumen, zum Sekretariat, zu den Toiletten, zum Kiosk, zum Hausmeister, zum Ausgang, zu den Sporthallen, zur Klasse und zum Schwarzen Brett, wo bekannt gegeben wurde, wenn Stunden ausfielen. Sie zeigte mir das Spielzimmer und den Ruheraum für Mädchen.

Sie besorgte mir ein Schließfach. Darin konnte ich meine Bücher aufbewahren und musste sie nicht jeden Tag mit nach Hause schleppen. Sie besorgte mir die nötigen Schulbücher in der Bücherausgabe. Sie erklärte mir, dass in Deutschland, anders als in Iran, die Schüler nicht ehrerbietig aufstehen müssen, wenn die Klassenlehrerin oder ein anderer Erwachsener den Raum betritt. Sie versuchte mir begreiflich zu machen, warum die deutschen Schüler das Recht hatten, frech zu den Lehrern zu sein, ohne dass diese sie schlagen durften. In den freien Stunden, die wir hatten, während die anderen am Religionsunterricht teilnahmen, wiederholte sie mit mir sogar den Unterrichtsstoff. Sie dolmetschte in diesen drei Monaten für alle Lehrer und alle Schüler, die mir irgendetwas zu sagen hatten.

Aber irgendwann wurde ich ihr lästig, sie ließ mich absichtlich irgendwo stehen und versteckte sich vor mir. Sie hatte keine Lust mehr, für mich die „Mama" zu spielen. Unsere liebe, kluge Klassenlehrerin beobachtete das sehr wohl und suchte nach einer Lösung. Eines Tages rief sie uns zu sich und ließ Zuhal übersetzen, dass ich nun anfangen sollte, Deutsch zu lernen. Und dass sie sich wünsche, dass ich kein Türkisch mehr spräche. Ich war beeindruckt von ihren Worten. Ich fand, dass sie recht hatte. Von jenem Tage an sprach ich kein einziges Wort Türkisch mehr.

Zu der Zeit, als ich noch kein Deutsch verstand, kam einmal eine Durchsage des Rektors, und ich merkte, wie hilfreich das geflüsterte Türkisch von Zuhal gewesen war, das mir nie mehr zugutekommen würde. Mit den Durchsagen war es so eine Sache. In Iran hingen in unserer Schule auf dem Hof riesige Lautsprecher, über die Korangesänge, die Nationalhymne oder Bombenalarmübungen ertönten. In der IGH gab es solche Anlagen in jedem Raum, und unser Rektor machte oft und gern davon Gebrauch. Bei dieser ersten Durchsage ohne Flüstertürkisch von Zuhal konnte es sich ja vielleicht um etwas Wichtiges handeln. Zuerst, als die Stimme des Rektors urplötzlich mitten im Unterricht wie aus dem Nichts erklang, fuhr ich vor Schreck zusammen, wie all die Male zuvor. Dann konzentrierte ich mich und versuchte zu verstehen, was er sagte. Dem Klang seiner Stimme entnahm ich bald, dass es eine gute Nachricht sein musste. Ich schnappte das Wort „Pommes“ auf. Dieses Wort und das danach folgende wurde von unserem Rektor besonders betont. Es war, wie wenn ein Zirkusdirektor den Namen eines Artisten in die Länge zieht und das Publikum daraufhin begeistert applaudiert. Genauso verhielt es sich auch hier mit dem Wort „Pommes“. Tatsächlich brach umgehend Jubel aus in der Klasse, und aus den Klassenräumen um uns herum hörte ich auch ein Jubeln. Es war wie bei der Fußballweltmeisterschaft, wenn der Favorit ein Tor schießt. Alles jubelte. Und ich freute mich. Aber was war los? Leider hatte ich das Mitjubeln verpasst. Wie immer war ich ein paar Sekunden später dran gewesen als die anderen. Wieder einmal fasste ich das als Bestätigung dafür auf, dass ich nicht dazugehörte.

Am Mittag erfuhr ich, was es mit der Pommesdurchsage auf sich hatte. Denn unsere Schule war eine Ganztagsschule. Das heißt, wir blieben über Mittag in der Schule und bekamen dort in der eigenen Mensa ein Mittagessen. Dafür mussten die Schüler am selben Vormittag vor der großen Pause an einem Automaten im Eingang der Schule eine Papiermarke abstempeln. So konnten die Köche errechnen, wie viel sie kochen mussten. Es herrschte die strenge Regel, dass diejenigen, die vergessen hatten zu stempeln oder zu faul dazu gewesen waren, kein Essen erhielten. An den Tagen, an denen es Pommes und Schnitzel gab, bettelten ungewöhnlich viele Schüler, die keinen Stempel auf der Marke hatten, an der Essensausgabe um ein Essen. Aber es gab noch eine andere Möglichkeit. Man konnte seine Essensmarke auch ausnahmsweise vom Schulrektor unterschreiben lassen, die Unterschrift galt wie der Stempel. Dementsprechend standen an den Tagen, an denen es Pommes und Schnitzel gab, Schlangen von Kindern vor seinem Büro, alle mit einer guten Ausrede, warum sie nicht gestempelt hatten. Der arme Rektor hatte dann selbst keine Mittagspause mehr. Es war also blanke Notwehr, dass er an solchen Tagen, nicht ganz ohne eigene Freude, eine „Pommesdurchsage" machte. Von da an konzentrierte ich mich bei jeder Durchsage auf das Wort Pommes. Lange musste ich darauf warten. Der Tag kam schließlich, und als der Rektor das Wort „Pommes" aussprach, brach ich in Jubel aus, jubelte gleichzeitig mit meinen Klassenkameraden. Ich war integriert.

Schon bald nachdem ich geschworen hatte, nie mehr ein Wort Türkisch zu sprechen, passierte eine kleine Katastrophe. Zuhal reichte mir einen kleinen rosafarbenen Umschlag. Darauf stand das Wort Einladung. Sie sagte auf Deutsch zu mir: „Am Samstag ist mein Geburtstag. Du bist auch eingeladen. Soll ich dich abholen? Du weißt ja nicht, wo ich wohne."

Ich war so aufgeregt, dass ich voreilig sagte: „Ja!" Aber ich kannte weder das Wort „Geburtstag" noch das Wort „Einladung".

Zuhal erklärte: „Wir treffen uns am Samstag hier in der Schule. Ich warte um halb drei am Haupteingang auf dich."

„Ja, danke“, antwortete ich und vergaß die Unterhaltung, die offensichtlich zu Zuhals Zufriedenheit verlaufen war. Da ich nichts verstanden hatte, verpasste ich den Geburtstag, und meine Freundin wartete an unserem verhängnisvollen Treffpunkt vergeblich auf mich. Am nächsten Montag erklärte mir Zuhal, dass sie sehr lange auf mich gewartet hatte, und ich schämte mich sehr.

Außer Zuhal gingen noch ein paar andere türkische Mädchen in unsere Klasse. Eine von ihnen hatte einen unangenehmen Charakter. Canan verhielt sich mir gegenüber immer hinterhältig und böse. Sie war sehr groß und korpulent und sah aus wie eine richtige Frau. Sie war mir unheimlich. Und eines Tages stellte sich heraus, dass ich mit meinem Gefühl recht hatte.

Da mein Vater als Asylbewerber nicht arbeiten durfte, mussten wir bei den Behörden um alles bitten, was wir brauchten. Als es nun im Sommer immer wärmer wurde, musste ich komplett neu eingekleidet werden, weil wir weder aus Iran noch aus der Türkei meine Kleider mitgenommen hatten. Das Amt gab uns nie Bargeld, nur Gutscheine. Für meine Sommerkleidung gaben sie mir einen Gutschein für zwanzig Mark, der in einem bestimmten mittelteuren Kaufhaus einzulösen war. Wir suchten lange in dem Kaufhaus. Doch nie reichte das Geld für zwei Hosen und zwei T-Shirts. Schließlich fanden wir bunte Sets, die im Preis reduziert waren. Jeweils eine Hose und ein dazu passendes langärmeliges T-Shirt aus sehr dünnem Stoff. Jedes Set kostete nur neun Mark neunundneunzig. Auf dem gelben T-Shirt war Barbie abgebildet und auf dem pinkfarbenen Pumuckl. Wir kauften beide Sets. Für meinen Schuhgutschein kauften wir ein Paar weiße geschlossene Schuhe und ein Paar pinkfarbene Sandalen. Ich fühlte mich wie eine auf das Feinste gekleidete Königin. Am Abend legte ich das pinkfarbene Set mit dem Pumuckl ordentlich zusammengefaltet auf den Boden neben mein Bett, damit ich es gleich am nächsten Morgen anziehen konnte. Ich war sehr stolz. Sofort nach dem Aufstehen zog ich das Set an und dazu noch die wunderschönen pinkfarbenen Sandalen. Doch schon in der zweiten Schulstunde begann mein Albtraum. Die anderen hatten Religionsunterricht, und die türkischen Mädchen und ich warteten ohne Betreuung in unserem Klassenzimmer auf die nächste Stunde. Es war noch zu der Zeit, als Zuhal alles für mich dolmetschte. Aber ausgerechnet an dem Tag war Zuhal nicht zur Schule gekommen. Das war Canans Chance. Sie fragte mich auf Türkisch: „Weißt du, was das deutsche Wort ‚Schlafanzug' bedeutet?"

Ich wusste es nicht. Sie brach in schallendes Gelächter aus und sagte immer wieder einen Satz auf Deutsch, in dem das Wort „Schlafanzug" vorkam. Die anderen türkischen Mädchen lachten mit. Ich fühlte mich hilflos. Bald war schon unsere Freistunde vorbei, und ich atmete auf.

Dann kamen die anderen, und wir liefen zu den Biologieräumen. Canan setzte sich im Biologieraum ausnahmsweise neben mich. Gleich als der Unterricht losging, fing sie an, mir unter der Bank in die Oberschenkel zu zwicken. Das war sehr schmerzhaft. Ich meldete mich und versuchte der Lehrerin zu erklären, dass Canan mich bedrängte. Die Lehrerin ärgerte sich über mich. Sie mochte mich nicht. Sie mochte überhaupt keine Ausländer und schimpfte mit mir. Es war mir so unangenehm, dass ich nichts mehr sagte.

Canan quälte mich weiter, und vor Wut und Schmerz füllten sich meine Augen mit Tränen. Doch sie fand das lustig. Sie schrieb Zettelchen und verteilte sie an die anderen Kinder. Bald schauten alle zu mir herüber und lachten. In der Pause wurde es noch schlimmer. Sie lachten mich alle aus und sagten etwas mit „Schlafanzug". Aus einem Grund, der irgendwie mit „Schlafanzug" zusammenhing, lachten alle mich aus, das hatte ich begriffen, aber ich konnte mir nicht denken, warum. Erst nach der Mittagspause kam eines der anderen türkischen Mädchen zu mir und erklärte mir, was das deutsche Wort „Schlafanzug" bedeutete. Sie sagte mir, dass ich einen Schlafanzug tragen würde.

Ein Albtraum war Wirklichkeit geworden, und ich hatte noch drei Unterrichtsstunden vor mir. Von nun an klebte ich an meinem Pult. Ich war froh, als ich am Nachmittag die Straßenbahnfahrt hinter mich gebracht hatte und endlich zu Hause angekommen war. So kam es, dass ich den ganzen Sommer über in meiner Winterkleidung schwitzte, außer nachts, wenn ich schlief, in meinen Sommerschlafanzügen.

In meiner neuen Schule begegneten mir viele verrückte und wundersame Dinge. Alles, was ich sah, und alles, was ich hörte, kam aber nur sehr verschwommen bei mir an. In dieser anstrengenden Zeit kämpfte ich und wollte überleben. Ich liebte meine neue Heimat und gab mir immer die größte Mühe. Wenn meine Klassenkameraden beispielsweise einen Aufsatz schrieben, kümmerte sich meine Klassenlehrerin ganz besonders um mich. Sie malte viele große und kleine As, Bs und Cs in Blockschrift und in Schreibschrift in mein Heft und ließ mich die Buchstaben abschreiben, denn ich musste zuerst das Schreiben in lateinischer Schrift lernen. Bis dahin kannte ich nur die persische Schrift, die von rechts nach links läuft und vollkommen anders aussieht.

Diese Lehrerin hatte wunderschöne offene blonde Haare. Und liebenswürdige Augen. Sie lächelte viel. Ich sah sie immer an und dachte mir: „Was für ein Glück! Ich habe einen Engel als Lehrerin." Immer wenn ich sie sah, wusste ich, dass ich es schaffen würde. Ich liebte sie. Sie war geduldig und verständnisvoll und wollte, dass ich etwas lernte. Sie unternahm mit uns Ausflüge und sorgte dafür, dass nicht meine Eltern die Ausflüge bezahlen mussten. Ich wich niemals von ihrer Seite. Weil sie so groß war, war sie für mich wie ein starker Fels in dem gefährlichen Meer, in dem ich ums Überleben kämpfte. Sie war mein Halt. Täglich lobte sie mich und machte mir so Mut, weiterzumachen. Eineinhalb Jahre lang begleitete sie mich auf meinem schwierigen Weg.

Eines Nachmittags erhielten wir zu Hause unerwarteten Besuch. Unerwartet deshalb, weil wir alle zu Hause waren und sonst niemanden kannten. Zum ersten Mal hatte ein Fremder an unserer Tür geläutet. Wir fragten uns, wer das wohl sein könnte. Nach einem Schreckensmoment öffneten wir, ohne uns an der Gegensprechanlage zu erkundigen, wer da sei. Wir warteten alle sechs an der Wohnungstür. Ein freundlicher Herr mit kleinem Bauch und Halbglatze, der einen Anzug trug, stieg die Treppe herauf. Sein Schnaufen hörte sich an, wie wenn meine Brüder gleichzeitig schnarchten. Unter dem einen Arm trug er einen großen Ordner und unter dem anderen einen Staubsauger. Wir luden ihn natürlich ein, hereinzukommen, und boten ihm persischen Tee und Gebäck an. Leider verstanden wir nicht, was er wollte. Wir fanden es außerordentlich freundlich, dass jemand uns besuchte, sich Zeit für uns nahm und unsere aus Iran mitgebrachten Fotos anschaute. Fotos von unserem Haus, von den Familienfesten oder von den Sehenswürdigkeiten Isfahans.

Währenddessen machte sich meine Mutter schnell ans Kochen, damit wir ihm persisches Essen anbieten konnten. Die ganze Wohnung duftete bald nach wunderbarem Safranreis und persischem Hammelgulasch mit Kichererbsen.

Mein Vater hatte bereits von der vergangenen Schönheit Irans zu den aktuellen politischen Ereignissen übergeleitet. In dem Augenblick stand der Herr auf und sagte: „So!“

Das Wort kannten wir schon gut. Es bedeutete, dass das Geschehen jetzt eine neue Wendung nehmen würde.

Und tatsächlich.

Er wandte sich an meinen Vater und fragte: „Darf ich Ihren Teppichboden einmal saugen?“ Dabei deutete er auf den Boden. Er hatte schon den Stecker in die Steckdose gesteckt und den Finger am Schaltknopf.

Mein Vater war sich unsicher, ob er richtig verstanden hatte. Wie immer in einer solchen Situation sagte er: „Ja.“

Daraufhin streute der Herr auf sehr geschickte Weise ein weißes Pulver auf eine Hälfte des Teppichbodens und saugte diese Hälfte mit abrupten Bewegungen ab. Das Pulver wirkte Wunder. Die behandelte Teppichhälfte leuchtete hell. Und man sah deutlich, wie schmutzig die andere Hälfte war. Dann zeigte er uns eine Preisliste und erklärte noch das eine oder andere. Da mein Vater ihn nicht verstand, ihm aber begreiflich machen wollte, dass wir kein Geld hatten, sagte er nur: „Asul!“

Daraufhin packte der Herr seine Sachen zusammen, verabschiedete sich freundlich und ging. Wir konnten uns keinen Reim darauf machen, warum er die eine Hälfte kostenlos gereinigt und für die andere Hälfte Geld verlangt hatte. So wurde unser Teppich zweifarbig.

Bald vergaßen wir die Geschichte. Unsere Aufmerksamkeit wurde von seltsamen Ereignissen um uns herum in Anspruch genommen. Es begann mit merkwürdigen Mitteilungen im Fernsehen, die in den darauf folgenden Wochen die Nachrichtensendungen immer mehr beherrschten. Wir saßen vor dem Bildschirm und konnten uns nicht erklären, worüber da berichtet wurde. Jeden Tag wurde eine Fabrik gezeigt, aus der Rauchsäulen aufstiegen. Die Sendungen über die rauchende Fabrik rissen nicht ab. Tagtäglich sahen wir die sich immerfort wiederholenden Bilder.

Ich sah, wie Männer, anscheinend wichtige Persönlichkeiten, an ihren Schreibtischen saßen und mit besorgter Miene telefonierten. Ich sah Kühe in Kuhställen und Bauern, die viele Liter Milch wegschütteten. Ich sah Lkw-Kolonnen, die sich aufstauten, weil Männer mit irgendwelchen Geräten jeden einzelnen Laster abtasteten und die Messergebnisse notierten. Danach wuschen Soldaten die Lkws ab. Ich sah, wie Männer Berge von überquellenden Salatkisten mit den Händen durchwühlten und etwas dazu sagten. Ich sah Bauern, die Spinat in die Erde pflügten, statt ihn zu ernten. Oft wurde gezeigt, wie es irgendwo regnete, was die Nachrichtensprecherinnen mit ernsten Worten kommentierten. Die Wetterberichte dauerten jeden Tag länger. Sosehr ich mich auch anstrengte und sie zu entschlüsseln versuchte, der Sinn der verwirrenden Wetterkarten mit all den Pfeilen und einer Wolke erschloss sich mir nicht.

Bald darauf sperrte man unseren Spielplatz ab. Mir blieb es ein Rätsel, warum wir nicht mehr im Sandkasten spielen durften. Auf den Gedanken, dass zwischen dem Spielplatz und den seltsamen Nachrichten im Fernsehen ein Zusammenhang bestand, kam ich nicht.

EPILOG

TSCHERNOBYL

Der Pripjat, der noch heute an der Geisterstadt Pripjat vorbeifließt, verwandelt sich bald nach seiner Vereinigung mit dem Kiewer See in einen riesigen Strom namens Dnjepr. Wissenschaftler vermuten heute, dass vor vielen Jahrhunderten an dem Strom ein Volk lebte, das aus Iran kam. Das Volk der Skythen. Sie haben dem gigantischen Strom seinen Namen gegeben. „Dnjepr" hieß bei ihnen „Großes Wasser".

Die Skythen waren Reiternomaden. Vielleicht führten sie nur deshalb ein Nomadenleben, weil sie sich an das Umherziehen und an das karge, aber freie Dasein gewöhnt hatten. Um ausreichend Nahrung zu finden, mussten sie auf ihren Pferden weite Strecken zurücklegen. An geeigneten Orten machten sie für eine Weile halt, bis es dort nichts Essbares mehr gab und auch das Jagen zu mühsam wurde. Dann brachen sie ihre Zelte ab und ritten weiter, immer auf der Flucht vor dem Hunger. Die Erde bot ihnen keine Heimat. Ihre Heimat lag in ihrer Habe, die sie mit sich trugen, vielleicht auch im Geruch ihrer Mütter und Kinder oder in einer Umarmung ihrer Liebsten.

Die Skythen flüchteten vor dem Hunger, die Bewohner von Pripjat vor einem unsichtbaren Feind, der im Wasser, in der Luft und in der Nahrung lauerte. Ein Feind, der den menschlichen Körper von innen verseuchte. Sie flohen vor einer nuklearen Verstrahlung und dem sicheren Tod.

Am 26. April 1986 ereignete sich in der damaligen Sowjetunion, auf dem Gebiet der heutigen Ukraine, im Atomkraftwerk bei Tschernobyl die bis dahin größte Atomkatastrophe der Welt. Der vierte Block explodierte aufgrund von Konstruktionsfehlern, aber auch durch Fehlentscheidungen des Personals. Dabei wurde das Dach des Reaktors gesprengt, und eine kilometerhohe Säule mit hoch radioaktiven Spaltprodukten stieg in den Himmel. Das Grafit im Reaktor, der sogenannte Reaktorkern, begann zu schmelzen. Dieses Material war so heiß, dass es durch den meterdicken Boden des Reaktors sickerte.

Wenn das heiße Magma tief genug in die Erde eingedrungen und mit dem Grundwasser in Berührung gekommen wäre, hätte sich eine zweite Explosion ereignet. Diese wäre so gewaltig gewesen, dass nicht nur die Ukraine, Weißrussland und Polen dem Erdboden gleichgemacht worden wären, sondern auch der größte Teil von Europa, Deutschland inbegriffen. Glücklicherweise konnte die Katastrophe im letzten Moment verhindert werden dank des Einsatzes vieler Helfer, die den Reaktor versiegelten. Ein Teil von ihnen starb in den ersten Monaten danach an akuter Strahlenkrankheit.

Die Verseuchung betraf nicht nur das Gebiet unmittelbar um das Kernkraftwerk herum. Die radioaktive Säule, die bei der Explosion in den Himmel aufgestiegen war, wurde vom Wind in Richtung Schweden getrieben. Dann breitete sie sich über Europa aus, auch über Deutschland und weiter nach Frankreich, Großbritannien und

Griechenland. Und jeder betete, diese Wolke möge nicht über sein Land herabregnen. Dort, wo die Wolke vorbeigezogen war, tranken die Menschen nicht mehr die Milch ihrer Kühe und aßen auch nicht mehr das Gemüse, das die Erde ihnen gegeben hatte. Sie hatten Angst.

Die Bevölkerung von Pripjat wurde radioaktiv verstrahlt, manche Menschen mehr, manche weniger. Sie verließen ihre verseuchte Stadt zu spät, weil die verantwortlichen Stellen die Katastrophe und deren Folgen verharmlosten. Erst zwei Tage nach der Katastrophe forderten Soldaten und Beamte die Einwohner von Pripjat auf, ihre Koffer zu packen. Innerhalb von einer Stunde sollten sie vor ihrer Haustür auf einen Bus warten, der sie wegbringen würde. Aber man sagte ihnen nicht, dass sie nie wieder zurückkehren würden. Jede Familie durfte nur einen Koffer und jedes Kind nur ein Spielzeug mitnehmen. Die Haustiere mussten zurückbleiben. Einige der Flüchtlinge starben bald an der Strahlenkrankheit. Manche haben bis heute überlebt. Die meisten von ihnen leiden an den Folgen der radioaktiven Verstrahlung.

Als die Katastrophe sich vor drei Jahrzehnten ereignete, besuchte ich erst seit ein paar Tagen meine neue Schule in Heidelberg. Ich war damit beschäftigt, neue Freunde zu finden, die Sprache zu lernen und den Alltag in der größten Schule Heidelbergs zu bewältigen. Ich hatte keinerlei Kraft dafür, mich mit den Nachrichten auseinanderzusetzen und sie zu entschlüsseln.

Heute, nach dreißig Jahren, weiß ich, welch unerträgliche Schwere das Wort „Tschernobyl“ birgt. Nach dreißig Jahren sind die Eigenheiten der deutschen Kultur und die Lebensgewohnheiten der Menschen hier mir vertraut. Ich weiß nun, dass der Mann mit dem Staubsauger ein Handelsvertreter war und seine Ware verkaufen wollte. Heute besitze ich zwei wertvolle Schlumpffiguren, die unter Sammlern für sehr viel Geld gehandelt werden, eine in Grün und eine in Rot. Ich habe mich daran gewöhnt, dass die Woche in Deutschland mit einem Montag beginnt und nicht mit einem Samstag. Und ich weiß, hier gilt eine Straßenverkehrsordnung, in der steht, dass in Kraftfahrzeugen nicht mehr Personen befördert werden dürfen, als „mit Sicherheitsgurten ausgerüstete Sitzplätze vorhanden“ sind. In dreißig Jahren habe ich den Geschmack von Nusscroissants lieben gelernt. Ich habe gelernt, dass kalt nicht einfach nur kalt sein muss, sondern auch „kühl“, „frisch“, „bitterkalt“ oder „saukalt“ sein kann.

Heute, diese dreißig Jahre später, frage ich mich, was aus den Kindern aus Pripjat geworden ist, deren Zuhause sich in eine schaurige Geisterstadt verwandelte und die mit ihren Eltern ihre Heimat verloren haben, gerade da, als ich eine neue fand. Was wohl aus jenen Kindern geworden ist, deren Geschichte mich nicht mehr loslässt. Ich fühle mit ihnen ihre Sehnsucht nach den Liedern, den Gerüchen und den Bildern ihrer für immer verloren gegangenen Heimaterde.

Als mehr als hundert Jahre vor meiner großen Reise die Beamten des persischen Kaisers den Großvater meines Vaters mit dem Auftrag aufsuchten, Familienbücher zu erstellen, hatten sie nur ein paar Minuten gebraucht. Sie waren froh gewesen, dass der gütige Gholamreza sich so schnell für einen Nachnamen entschieden hatte. Ein Nachname, der nicht besser hätte zu mir passen können. Er gab allen seinen Nachfahren, seinen Söhnen Yadollah und Abdollah, seiner Tochter Fatomeh, seinen Enkeln, also meinem Vater Hosein und dessen Bruder Asghar, und uns Urenkeln, meinen drei Geschwistern und mir, den Nachnamen „Pilger aus Isfahan“ – Zaeri-Esfahani.

Ich bin Pilgerin aus Isfahan, und mein Pilgerweg war es, Freiheit und Frieden zu finden.